JN318501

# 逃した魚

Kazuya Nakahara
中原一也

CHARADE BUNKO

Illustration

高階佑

CONTENTS

本作品の内容はすべてフィクションです。
実在の人物、団体、事件などにはいっさい関係ありません。

## 1

水面に映る午後の光。ゆるりと流れる川。垂らされた釣り糸。晴れ渡った初夏の空。

川縁に座ってそれらを見ていると、このまま隠居してどこか遠い田舎《いなか》で自給自足の暮らしをしたくなる。忙《せわ》しない日常から解放され、日がな一日近くの沢で山女《やまめ》を相手にしているのが理想だ。家の庭の畑で軍手と麦わら帽子をつけた妻が、野菜を育てているともっといい。

市ケ谷《いちがや》久義《ひさよし》、四十一歳。

グレーのスーツを着たおっさんが釣り糸を垂らしながらぼんやりとしている姿は、まさにハローワーク帰りの無職の男だ。失業保険も打ち切りになり、貯金も底をついてこれからどうしようかと途方に暮れているように見える。覇気のなさがそうさせるのか、生きる気力を失っているようにさえ感じられた。

しかし、これでも一応司法書士の資格を持っており、事務所も構えている『先生』だ。若い頃から物欲がないため金は貯《た》まる一方で、生活の不安など抱えたことは一度もない。そんな毎日を送っているからか、競争心もなく、もっと稼ぎたいという気持ちも持ったことがなかった。

年齢的には立派な中年だが、細身だからか市ヶ谷には脂ぎったところがまったくなく、大量の汗を掻《か》くようなこともあまりない。のんびりとした性格で、一言で言うなら地味。冴《さ》えないおっさんという自覚があるため無駄にお洒落《しゃれ》もせず、金もかからないお得な男と言っていいだろう。

また、顔立ちはごく一般的な部類に属し、飛び抜けて美形でもなければ不細工でもなく、日本人らしいすっきりとした印象だ。

強いて特徴を言うなら、唇の下にホクロがあるくらいだろうか。

浮気をするようなタイプでもなく、結婚相手としてはかなり条件のいい物件だと言えるが、なぜか女性には縁がなかった。

それは、市ヶ谷が女性とのつき合いに積極的でないのも大いに関係あるだろう。

しかし、四十を過ぎたばかりで山奥で暮らす仙人のようになってしまったのは、取り囲む環境もかなり影響している。

通常、司法書士は業務上関連の深い法務局の近くに事務所を構えることが多く、司法書士同士の交流もよくしている。七十を過ぎても現役で働いている司法書士はめずらしくなく、都心から離れたのんびりした場所がらなのか、市ヶ谷の周りには高齢の先生が集まっている。

戦争経験者もいるような中に長いこと身を置いていれば、もともとの年寄り臭い性格に磨きがかかるのも仕方がない。

囲碁や将棋の相手をすることも少なくなく、すっかり馴染《なじ》んでしまっている。

「ふぁぁぁ〜〜〜〜」

大きなあくびを一つした市ヶ谷は、反応のない釣《つ》り竿《ざお》を左手に持ち替えて、また水面をぼんやりと眺めた。

もうこのまま今日の仕事を切り上げてしまいたいなんて、働き盛りの四十一歳が思ってはいけないことを考えていると、そんな市ヶ谷を若い女性が呼ぶ。

「市ヶ谷先生ぇ〜」

事務所の方から駆けてくるのは、司法書士の仕事を補佐する『補助者』として雇っている女性だった。雇い入れて五年になるが、市ヶ谷のことをよく理解しており、補助者としての仕事以外にも細かなことに気がつくいい娘《こ》である。しかものんりびした性格で、市ヶ谷とは相性がいい。

「先生、やっぱりここにいらしたんですね」

「あー、佐々木《ささき》さん。どうしたの?」

「どうしたのって……戻ってこられないから、呼びに来たんです。何か釣れました?」

バケツの中を覗《のぞ》かれるが、そこには水が入っているだけで魚の姿はなかった。天気のいい日の昼間に釣り糸を垂れても、そうそう魚が喰《く》いつくはずがない。

わかっているが、何も躍起になって釣ってやろうとも思っていないため、気にしない。釣り糸を垂れているだけでいいのだ。

「武山《たけやま》先生がみえてますよ」

「武山先生が？ またサボりに来たのかなぁ」

「やっぱり忘れてた。ほら、今日はお孫さんを連れてこられるって……」

「ああ。そうだったそうだった」

市ヶ谷はのらりくらりと釣り糸を引き上げて、片づけを始めた。ゴム管から浮きを引き抜いて道具箱に入れ、また次に使えるよう針やサルカンなども全部きちんとしまう。

実は、長いこと市ヶ谷の補助者として働いてくれた彼女が寿退社することになり、新しい補助者を探していたのだ。それを聞いた司法書士の武山に、ちょうど孫が仕事を探しているところなので雇ってくれと言われて引き受けた。

しかし、この孫というのがなかなかのスペックの持ち主で、先に履歴書を見せてもらった市ヶ谷は、自分のようにのんびり仕事をしている男の下で仕事をさせていいものか悩んだ。

今年三十一歳になる武山の孫の織田隆《おだたかし》は、なんと弁護士の資格を持っており、大手法律事務所に勤めていたというのだ。何かのトラブルがあったのか、急に事務所を辞めることになったらしいのだが、常識的に考えるなら事務所を辞めても同じ業界での転職を狙《ねら》うのが普通だろう。

しかし、資格を剝奪《はくだつ》されたわけでもないのに、弁護士の仕事は二度としないと言っているというのだから驚きだ。

単にその仕事に愛想が尽きたのか、それとも弁護士の世界では生きていけなくなったのか。長年平和な毎日を送ってきた市ヶ谷にとっては、たったこれだけの謎《なぞ》でもサスペンスドラマの殺人事件並に一大事なのだ。

「すごいですよね、弁護士の先生が補助者として働くなんて」

「う～ん。でも僕は持てあましそうな気がするんだ」

「弁護士の資格を持ってるんですよ。私なんかより、きっと先生のお役に立ちます」

「何を言ってるんだい。佐々木さんはとても優秀だよ。本当はずっと働いて欲しいくらいなんだから。あ～あ、佐々木さんみたいに優しい人だといいんだけどなぁ」

ぼんやりと零《こぼ》した言葉に、彼女はにっこりと笑った。

正直者の市ヶ谷はお世辞を言うことはなく、本音しか口にしない。正直すぎて、ときどきいらぬことを言ってしまうこともあるが、それだけに市ヶ谷の言葉には嘘《うそ》がないのも事実だった。

だからこそ、彼女には今の溜《た》め息《いき》が嬉《うれ》しかったのだろう。

「武山先生のお孫さんですから、きっと大丈夫ですよ」

彼女も市ヶ谷の下で仕事をしてきたせいか、のんびりとした口調で言い、散歩をする歩調でのらりくらりと歩いた。

　二人とも、人を待たせているとは思えない。

「それより先生。事務所の冷蔵庫の中にサシ虫を入れるのはやめてください」

「え〜。駄目かなぁ」

「新しい方に怒られますよ」

「だって、時間ができた時に釣りしたいじゃないか」

「先生は休み時間が終わっても、お戻りにならないから。ちゃんと時間通りに帰ってきてくださるなら、入れていても怒られないかもしれません」

「うん、わかったよ」

　まるで小学生の子供がお母さんに注意されているかのように、市ヶ谷は素直に頷《うなず》いた。しかし、約束を実行できずにまた注意されてしまうこともしばしばだ。

「あ〜あ。佐々木さんとももうお別れかぁ。寂しいなぁ」

「私もです、先生」

「あ。でも幸せになるんだから、寂しがっちゃ駄目だなぁ。たくさんたくさん幸せにしてもらうんだよ」

「はい、ありがとうございます」

　彼女は、とても幸せそうに笑った。

五分ほど歩いていると、市ヶ谷の事務所が入った建物が見えてくる。

市ヶ谷の事務所は、団地によく見られる横長の集合住宅のような形をしたコンクリート二階建ての二階部分にあった。全部で十二の部屋があるが、すべてそれぞれ違う司法書士の事務所で埋め尽くされている。

今は随分と減ったが、タコ部屋のように一つの建物の中にずらりと司法書士の事務所が並んでいる形態は、昔はよく見られた。近くに似たような建物があるが、そちらは土地家屋調査士の事務所でいっぱいだ。

今でも昔ながらの光景が見られるのは、土地がらだろう。

都心に行くまでそう距離はないが、東京《とうきょう》とは思えないほど自然も多く、昭和の匂《にお》いのするものがあちらこちらで見られる。四季を堪能できるこの場所は、市ヶ谷のお気に入りだ。

事務所の入っている建物に着くと、市ヶ谷は一階の集合ポストで郵便物を確認し、古びた階段を上っていった。

事務所の中では、今年七十五歳になる武山が待っている。

「市ヶ谷先生。釣りですか？」

「すみません。天気がよかったから少し、と思って。そうしたら、つい約束を忘れてしまって……」

「あ〜、いいんじゃよ。わしもどうせ暇じゃったから」

武山は、ソファーに腰を下ろして茶を飲んでいた。スーツ姿はどこか品があり、老紳士という言葉がとても似合っている。しかし、意外にお茶目なところもあるのだ。

そして市ヶ谷は、その向こうに座っている若いスーツ姿の男性に目をとめた。

「はじめまして。織田隆と申します。先日履歴書をご覧いただいたそうで、お忙しい中ありがとうございました」

織田はソファーから立ち上がると、深々と頭を下げた。弁護士というだけあり背筋はピンと伸び、エリートの風格を身に纏《まと》っている。

しかも、かなりの男前で若手俳優でも来たのではないかと思ったほどだ。

地味で素朴な市ヶ谷と違い、生き馬の目を抜く場所で闘ってきたような精悍《せいかん》さも持ち合わせていた。

三つ揃《ぞろ》いのスーツがこれほど似合う男を見たのは、久し振りだ。

ヘアスタイルは手櫛《てぐし》で撫《な》でつけたラフなオールバックで、上背もあるが肩幅も広く、厚い胸板はその下にある鍛え上げられた肉体を連想させる。一見理知的だが、ひとたびスーツを脱ぎ捨てると動物的な一面を持っていそうな、滲《にじ》み出る色香もあった。

スーツの下に隠されている、男の魅力。もし、佐々木が結婚を間近に控えて婚約者一筋でなければ、恋に落ちていたかもしれない。

同じ男である市ヶ谷ですら、その男ぶりに圧倒されているのだ。

三十一という若さでこれだけの魅力を兼ね備えているなんてと、感心せずにはいられない。

「市ヶ谷先生。よろしく頼むの～」

「あの～、本当に僕のところでいいんですか？」

「わしのところは女の子がおるから、補助者はもういらんし、じーちゃんの下だと甘えが出てくるかもしれんからの～」

武山はそう言ったが、身内の下で働くからといって甘えて手を抜くようなタイプには見えなかった。常に上を目指している者の目をしている。

「じゃあ、わしは仕事に戻るでの～。早く慣れるように、今日から働かせてやってくれ。雑用でもなんでも言いつけて構わんから」

「え、でも……」

「もちろん今日のぶんは給料やらんでええぞ～。召使いと思えばええんじゃ」

武山は、にこやかに手を振りながら事務所を出ていった。

正式な出勤は明日からなのだが、追い返すわけにもいかず、とりあえず何か仕事はないかと、自分の机の前で周りを見回した。

「え～っと、補助者の登録はもうしてあるからいいとして……法務局に提出する書類は午前中に出してきたし、午後は……委任状を取りに行くのは明日だったな。えっと謄本《とうほん》も取ってあるし」

「先生。だったら他のことを引き継いでいていいですか？　お仕事のことは実際にやりながら覚えていただければいいと思いますし」

「そうだね。佐々木さん、お願いできるかな？」

「はい。じゃあ、先生が好きなお茶から……。どうぞ、こちらが給湯室です」

佐々木は、織田をそこへ案内した。すぐに、中から茶の種類や淹《い》れ方などを説明する声がし始める。

たかがお茶汲《く》みだが、これも大事な仕事で馬鹿にしてはいけない。仕事ができても雑用はさっぱり……、という人間もいて、そういったタイプは使いにくいものだ。

特に市ヶ谷の事務所で働くには、のんびりした市ヶ谷を上手く働かせることと、美味《おい》しい茶を淹れることが何より重要と言ってもいい。

佐々木と新しい補助者が給湯室で話をしているのを聞きながら、市ヶ谷はこれから自分はちゃんとやっていけるのだろうかと思うのだった。


織田が事務所で働くようになって、二週間が過ぎていた。

引き継ぎ期間は一週間しか設けておらず、大半の仕事は市ヶ谷が仕事をしながら教えていくつもりだったが、織田はあっという間に覚えてしまった。今は、特に教えずともてきぱきと仕事を片づけていく。

佐々木も優秀だったが、のんびりした性格だったため一つ仕事が終わっても放っておけば勝手に休憩を入れてくれるのだが、織田の場合は次の仕事はないかと探し、特になければファイルの整理や掃除を始めてしまう。

仕事が早すぎて、次の仕事を作るのに苦労するくらいだ。

しかも、まるで口煩いお母さんのように、市ヶ谷がサボっていると何をしているのだと叱《しか》るのだ。

（はぁ～、まさか、あんなに優秀だなんて……）

できすぎる人間を前に、市ヶ谷は少し困っていた。

これまでも、スペックが高すぎて使いこなすことができなかったことは多々ある。

オープンレンジのオーブン機能は使ったことがなく、携帯電話も店員に勧められるまま最新機種を買ったが、ほとんど電話をかけるか受けるかのどちらかしか使わない。メールは辛《かろ》うじてできるものの、短い文章を打つのですらもたもたしてしまい、時間がかかって仕方がないといった感じだ。司法書士仲間の爺様《じいさま》先生たちは、ネットに繋《つな》いで便利に使いこなしているのに、市ヶ谷はそういった文明の利器を使いこなせない。

さらに、事務所にある複合機の電話はＬＡＮでパソコンと繋げばそのままファックスを送ることができるしプリンターとして使うこともできるが、それらも長年宝の持ち腐れになっていた。

織田が気を利かせて繋いでくれなければ、今もアナログなやり方を続けていただろう。ありがたいと言えばそうだが、のんびり生きてきた市ヶ谷には、無駄のない一日はきっちりしすぎていて疲れてしまう。

この程度で疲れる四十一歳というのも問題だが、これまでそうやって生きてきたのだ。今さらやり方を変えるのも難しい。

「先生、何やってるんですか？」

いつの間にか出先から戻ってきていた織田に声をかけられ、市ヶ谷は作業の手を止めた。振り返ると、呆《あき》れ顔の織田がじっと見ている。

「あ……」

市ヶ谷の机に拡《ひろ》げられているのは、毛針の材料だった。釣具店で仕入れてきた針や、近所の柴犬から貰《もら》ってきた毛やらが並べられている。

実を言うと、織田がいるとサボりにくいため、外出時を狙ってこうやってこっそり毛針作りに没頭していたのだ。もう少し時間がかかると思っていたが、誤算だった。

だが、悪事を見つかっても慌てるような性格ではない。

「ちょっと時間ができたから……。書類はもう届けてきたのかい？　早かったね」

「はい、車が混まない道を選んだので」

「車が混まない道がわかるのかい？　僕はよく渋滞に引っかかるんだ。混まない道を選んでるつもりなんだけど」

「事務所の車のカーナビには、渋滞を予測する機能がついてます。使ったことないんですか？」

　まさか持ち主なのに知らなかったなんて……、と言いたげな小さな驚きの表情を見せられ、市ヶ谷は次の動きが取れなかった。使うどころか、そういった機能がついていたことすら知らなかった事実に軽いショックを覚える。

　思えば、車を買う時にそんな説明を受けた記憶がある。

「そうか。僕のカーナビにはそんな機能がついていたのか」

「それより、やりかけの仕事はどうしたんです？」

「う～ん、これを仕上げたらやるよ。急ぎの仕事じゃないし。午前中がんばったから、ちょっとくらい遊んでもいいかなって」

「子供みたいなことを言わないでください」

　明日でいいことは明日に回すのが、市ヶ谷の悪い癖だ。自分でもわかっているが、なかなか治らない。

「でも、お客さんに迷惑がかかるわけじゃないし、そんなに急ぐことないと思うんだ」

「早く片づけた方がいいでしょう。この前みたいに、突然急ぎの仕事が入った時に慌てますよ。大人のくせに、全部終わってから遊ぶという発想はないんですか」

「う……」

織田の言うことはもっともだった。

司法書士の主な仕事の一つに、登記申請の代理業務というものがある。

取得した不動産が誰《だれ》のものか、また抵当権が設定されているかどうかなど、諸々の権利関係を公示するために法律で定められた決まりの下、登記簿という公の書類に記載する手続きを行う。

不動産のような大きな買い物は、現金一括で購入されることは希《まれ》で銀行から借り入れることが多く、その場合、土地や建物を担保に借り入れを行うために抵当権を設定することになる。登記が済んでいなければ融資が下りないため、急ぎで登記を済ませたいという依頼が舞い込んでくることがあるのだ。

忙しい時とは重なるもので、市ヶ谷は手がいっぱいでできない時には別の司法書士仲間の先生にお願いするのだが、通常は司法書士同士で仕事を回し合うことなどあまりない。

一戸建てを一件登記するのに、十数万の収入になるのだ。みすみす仕事を逃すようなことはしないのが一般的な心理だろうが、これも仙人のような市ヶ谷ならではと言えるだろう。

いつ隠居しようかと、そのタイミングを計っているような仲間に囲まれていては、バイタリティも失ってしまうというものだ。

織田もそれをよくわかっているらしく、ウダウダと片づけを始めない市ヶ谷を見て、溜め息をついた。

「じゃあ、今の仕事を片づけたら、お茶を淹れてあげます。ちょうど俺が知ってる老舗《しにせ》和菓子店の近くを通ったので、先生のためにお茶菓子を買ってきたんですよ。食べたくないですか？　すごく美味しいですよ」

和菓子と聞いて、市ヶ谷の心が動いた。

茶を飲みながら和菓子を食べるのは、釣りをするのと同じくらい好きなことだ。しかも、老舗と聞けば、興味を抱かずにはいられない。

「何を買ってきたんだい？」

「内緒です」

「えー、教えてくれたっていいじゃないか」

「仕事が終わったら教えてあげますよ。それまで見せません」

「き、厳しいんだね」

さすがに弁護士の資格を持っているだけあり、なかなか上手い駆け引きをするもんだと思う市ヶ谷だが、この程度のことは弁護士でなくてもできる。

それに気づかないところが、市ヶ谷らしくはあるのだが……。

「じゃあ仕事しようかな」

「『じゃあ』ってなんですか、『じゃあ』って……。まぁ、仕事する気になったのならいいんですけど」

「うん、がんばるよ」

それから市ヶ谷は、後回しにしていた仕事に取りかかった。

和菓子と聞いてからの市ヶ谷は、普段の昼行燈《ひるあんどん》のような男とはうって変わった仕事ぶりを発揮し、あっという間に片づけていく。

もともと優秀なのだ。のんびりした性格をしているため何事もゆっくりするが、目の前ににんじんをぶら下げられると、なかなかの俊足ぶりを発揮する。しかも、にんじんは老舗和菓子店のお勧めの逸品だ。おまけに織田が淹れる茶は、佐々木が淹れるそれと同じくらい美味しいこともわかっている。

しようと思わずともスピードアップしてしまうのも、自然なことだと言える。

仕事を再開して一時間後。ノルマをこなした市ヶ谷は、でき上がった書類をクリップでまとめ、頬《ほお》を上気させて訴えた。

「織田君、終わったよ！」

向かいの机で、書類をまとめていた織田は、静かに視線を上げた。そして、ゆっくりと立ち上がる。

「じゃあ、休憩しましょう。ちょうど俺も先ほど頼まれていた書類を作り終えました。後でチェックをお願いします。法務局に持っていきますから」

そう言って給湯室に入っていったかと思うと、ほどなくして茶のいい香りがしてくる。市ヶ谷は、ワクワクしながらソファーに座って待っていた。待っている間というのは、楽しみを長く味わえるため、市ヶ谷は嫌いではなかった。限度はあるが、どんなものが出てくるだろうと考えているだけでも、幸せな気分になってくる。

そうしていると盆を持った織田がやってきて、市ヶ谷の前に茶と茶菓子を置いた。

「こ、これは……」

「先生の大好きな最中《もなか》です。しかも、季節限定の鮎《あゆ》最中ですよ」

想像以上だった。

鮎の形そのままに白く焼き上げた最中の生地は小ぶりで、なんとも上品で愛らしい姿をしており、市ヶ谷は感動すら覚えた。しかも、笹の葉の上に二つ、重ねるように置いてあるのだ。清流の中を泳ぐ鮎を上手く演出する織田の小技が、なんとも憎らしい。風流を知る者でないと、こうはいかない。

おまけに、その口ぶりからすると、市ヶ谷が最中を好きなことをちゃんと知って買ってきたのだ。

きっと前任の佐々木が、好みのことまで教えていったのだろう。やっぱり気が利くイイ娘《こ》だと、彼女のことを思い出して密《ひそ》かに感謝し、黒文字という和菓子専用の楊枝《ようじ》を手に取った。

「あ〜、もったいないなぁ」

楊枝を入れてしまうことに躊躇《ちゅうちょ》しながらも、二つに割って口に運ぶ。

そして市ヶ谷は、うっとりとその味を堪能した。

（ああ、美味しい……）

パリッとした生地の歯応《はごた》えはよく、柚子《ゆず》で香りづけしてあるこしあんは爽《さわ》やかで、小豆《あずき》本来の味わいを損なうことない控えめな甘さと滑らかな舌触りは絶妙だった。

これなら四、五個は平気で食べられそうだ。

しかも、織田の淹れた茶も同じくらい美味しい。

三十一歳の男性ということを抜きにしてもかなり優秀で、もしかしたら実家が和菓子店だったり、母親が茶の先生だったりするのかと思った。

「どうです？　俺のお勧めの和菓子店の最中」

「美味しいよ。よくこんな店知ってるねぇ。和菓子は好きなのかい？」

「特にというわけではないですけど、洋菓子よりは得意ですかね」

「へぇ」

市ヶ谷は、茶を啜《すす》った。まさに、至福の時である。

「ご実家は何をされてるの？　そういえば武山先生の娘さんって、お茶の先生だったっけ？　それとも、和菓子職人の方のところに嫁いだとか？」

「いえ。父は普通のサラリーマンで母は専業主婦です」

「そうなんだ。この和菓子のお店はどこで知ったんだい？」

「どうしてですか？」

「え。だって特に甘いものが好きってわけじゃないのに、若い男の人がこういうのを知ってるのってめずらしいと思って」

「そうですか？」

「うん。誰に教えてもらったんだい？」

「誰にって、先生の知らない人にです」

一瞬、表情が硬くなったような気がして、市ヶ谷はついつい質問攻めにしていたことに気づいた。もしかしたら、プライベートにはあまり踏み込まれたくないのかもしれない。それならばと、これ以上は個人的な話をしないことにする。

織田のことをもう少し知っておきたいが、触れられたくないのならとどまるべきだ。

「あれこれ聞いてしまってごめんよ。あんまり美味しいからつい……」

そう言った時、事務所のドアが開いて八十近くになる杖《つえ》をついた爺様が昔話さながらに登場した。

「市ヶ谷先生ぇ〜。おるかのー？」

一階のちょうど真下に事務所を構える、藤田《ふじた》だった。この建物に事務所を持つ司法書士の中でも、一番の高齢だ。

頭はすっかり禿《は》げ上がり、面長で鼻の下に長い髭《ひげ》を生やしているため、七福神の福禄寿《ふくろくじゅ》にとてもよく似ている。腰がすっかり曲がってしまっており、仕事の時ですらスーツを着ずにももひきを穿《は》いていることが多い。

この爺様先生は、市ヶ谷のところによくサボりに来るのだが、今日はいいタイミングだと、すぐに立ち上がって足腰の弱った藤田に手を貸す。

「藤田先生。ちょうどいいところに……。今ね、美味しい最中を食べていたところなんですよ。一緒にどうです？　織田君、まだあるよね？」

「はい。こんなこともあるかと思って、多めに買っておきました。よくお菓子をいただくので、たまにはこちらもお返しをしないと。今お茶を淹れます」

給湯室に消えた織田を見て、さすがだと感心した。優秀すぎる織田を持てあましていたが、自分のような人間には、織田のような男がついてくれた方が頼もしい気がしてくる。

よちよちと歩く爺様先生をようやくソファーのところまで案内すると、ちょうど織田が盆に茶と和菓子を載せて戻ってくる。

「おお。美味ししょうな最中じゃ。しゃっしょくいただこうかの〜。……よいっしょっと」

市ヶ谷を虜《とりこ》にした鮎の形をした最中は、藤田の心も一気に摑《つか》んだようだ。頰を染めて頰張り、もぐもぐと口を動かす。

「んまいんまい。こんなんまい最中は久し振りじゃ～」

満面の笑みを浮かべる藤田を見て、市ヶ谷の顔も自然にほころんだ。

そして、どこからか匂いを嗅《か》ぎつけてきた別の先生が、のそりと顔を覗かせる。

「おお、なんや楽しそうなことしよるなぁ」

年齢のわりに恰幅《かっぷく》のいいご老人は、二階に事務所を構える福山《ふくやま》だ。腹がでっぷりしており、福耳だからか、こちらは布袋尊《ほていそん》によく似ている。にっこり笑った顔は愛嬌《あいきょう》があり、市ヶ谷よりずっと年上だが、可愛《かわい》いと思ってしまう社交的な性格もしていた。

「お～い、飛騨《ひだ》先生はおるか～？　あんたもこっちゃこんね～」

「おるぞ～。楽しそうじゃのー」

福山が大きな声でみんなを誘うと、一人、また一人と先生たちがやってきて、市ヶ谷の事務所の中はあっという間に老人憩いの場となった。元気な爺様たちが、和気藹々《あいあい》と茶を楽しみ、さらにテレビまでつけてくつろぎ始めるではないか。

こうして誰かの事務所に集まって、相撲《すもう》や歌舞伎《かぶき》を観《み》るのはいつものことだ。テレビもそのために設置した。はじめは織田に呆れられたが、今はすっかり慣れてしまったらしく、仕事の邪魔をする老人たちを諦《あきら》めた顔で見ている。

さすがに、他の先生まで叱るようなことはしない。

「そこの若いの。わしらのことは気にせんと、仕事しとってええからの〜」

「そうじゃそうじゃ。邪魔はせんから、好きに仕事しとれ〜」

「んまいんまい。ほんにんまいの〜」

その様子を織田とともに眺めていた市ヶ谷だったが、織田が突然ポツリと呟《つぶや》いた。

「先生。もしかして、俺のやり方は息苦しいですか？」

「え？」

「いえ、こういうのを見ると、俺はせかせかしてるんじゃないかって思ったもんですから」

市ヶ谷は、少しだけ考え込んだ。息苦しいと言えばそうかもしれないが、自分がのんびりしすぎていると言われれば、確かにそうだ。年齢的には働き盛りの男で、一般のサラリーマンなら部下の数人を使いこなしてバリバリ仕事をしているだろう。

そう考えると、このままでいいとは思えないが、正直なところもう少しゆっくりとしたペースがいい。

「うーん。もうちょっとのんびりやりたいような気はするけど……」

「すみません」

厳しい男に突然頭を下げられ、市ヶ谷は慌てた。

仕事中の釣りも毛針作りも本当はすべきことではなく、叱られて当然なのに、まさか自分

の方が謝られるとは思っていなかったのだ。こんな薄ぼんやりした男の下で働かせているこ
とが申し訳ないくらいなのに……、と驚かずにはいられない。

「雇われてる側なのに、口煩くしてすみません。市ヶ谷先生が今すぐにでも隠居しそうなくらいぼーっとしてるから、つい……」

歯に衣着せぬ言い方に一瞬言葉を失うが、確かにそう感じても仕方がないと苦笑した。

「でも、あんまり僕のペースに合わせると、このまま隠居しそうだから、適当に尻《しり》を叩《たた》いてもらうとありがたいかな」

言い直すと、市ヶ谷の気持ちがわかったのか、織田は『わかってますよ』とばかりにクールな視線を向ける。

「別に俺に気を使わなくてもいいですよ」

「そんなこと……」

「ないことはないでしょう?」

長身なだけに、見下ろされると迫力がある。睨《にら》んでいるようにも見え、つい白状してしまっていた。

「まぁ。気を使ったのは本当だけど」

そう言った瞬間、織田は少し嬉しそうに目を細めた。

(あ……)

もしかしたら、初めて見る笑顔だったかもしれない。

いつもエリートの空気を纏っている織田にしては、柔らかい表情だ。いかにも優秀といった感じの織田も格好いいが、笑った顔はもっとよかった。親しい者しか見ることのできない表情と言ってもいいだろう。

気が早いような気もするが、織田が今見せた笑顔を頻繁に浮かべるようになるといいなんて考えてしまっていた。そして、突然法律事務所を辞め、二度と弁護士として仕事はしないと言っている織田には、何か抱えているものがあるのだろう、と……。

それなら、傷が癒《い》えるまで、呑気《のんき》な爺様たちがいるこの事務所で働くのはいいことかもしれない。

「どうかしたんですか?」

市ヶ谷の視線に気づいた織田が、怪訝《けげん》そうな顔をした。いつもと同じクールな表情を見て、また先ほどのような笑顔を見られるといいと思う市ヶ谷だった。

## 2

天気のいい午後。市ヶ谷は、川縁のベンチで将棋を指している福禄寿と布袋尊の側《そば》に座り、爺様先生たちの勝負を眺めていた。市ヶ谷の反対側には、織田の祖父の武山もいる。

初夏の風は心地《ここち》好く、いつまでもこうしていたいと思わされる場所だ。

「市ヶ谷先生ぇんとこの赤ん坊は、しゃいきんはどんな感じじゃ〜?」

赤ん坊とは、もちろん織田のことだ。市ヶ谷ですらこわっぱ扱いなのだ。市ヶ谷よりさらに十も年下の織田など、赤子同然だろう。

「ええ。優秀すぎて……」

「武山先生ぇの孫じゃからなぁ。優秀なのは当然じゃ」

「いや〜、あれもまだまだ若いからの〜」

勝負を見ていた武山先生は、カッカッカッと笑い飛ばした。

「でも、僕の下で働いていて、退屈じゃないのかなぁって思うんです。弁護士って、法廷で争うようなお仕事もするじゃないですか。きっととても緊張した毎日だったんだと思うんですよ。それだけやり甲斐《がい》もあったでしょうし」

「なぁ～に言うとるんじゃ。こっちが雇ってくれと頼んだのを忘れたんかの？　自分で弁護士の仕事を辞めると決めたんじゃ。気にするこたぁない」

「そうでしょうか」

「武山先生ぇがそう言うんだから、気にすることなかぞ。――王手！」

藤田が、パチン、と音を立てて飛車を置くと、王手をかけられた福山は丸っこい軀《からだ》をのけ反らせながら慌てて言う。

「おお、ちょっと待ってくれんかの」

「駄目じゃ駄目じゃ。ひゃっひゃっひゃっひゃっひゃっひゃ！」

さも嬉しそうに頬を染めて笑う藤田を見ておかしくなり、市ヶ谷も声をあげて笑った。すると、福山は笑われた仕返しとばかりにニ～ッと笑みを見せる。

「それより、戻らんでいいんか？　もうかれこれ一時間は経《た》っちょるぞい」

「あっ！」

市ヶ谷は、慌てて時間を確認した。すると、ここに来て五十分以上経過している。十分くらいならと思って座ってしまったが、うっかりしていた。

何をしていたんだ……、と大魔神のように仁王立ちして帰りの遅い市ヶ谷を待っている織田の様子を思い浮かべ、慌てる。

「それじゃあ、僕はこれで」

「あの若いのに怒られんようにな～」

「ははは。もう遅いかも……」

市ヶ谷はそう言い残し、自分の事務所へ戻っていった。さすがにサボりすぎだ。まだ仕事も片づいていないため、今日はきっと小言だぞと覚悟を決める。

事務所の前まで来ると、市ヶ谷はまるで門限を破った小娘のようにそっと事務所の中を覗いた。けれども、当然のごとく待ち構えているだろう男の姿がない。

（あれ……？）

気配はするのに姿が見えないのだ。

不思議に思ってよく見渡してみると、織田が机の下に顔を突っ込んで何やら捜し物をしているのを見つける。消しゴムでも落としたのだろうかと声をかけようとしたのだが、その瞬間、織田が妙なことを口走った。

「お～い、鈴木《すずき》く～ん。どこにいるんだ～？」

「……っ」

市ヶ谷は、出かかった言葉を呑《の》み込み、その場で硬直した。

鈴木君とはいったい誰なのか――。

仕事のデキる織田が、あまりに暇すぎて誰か呼んだのかと思った。しかし、机の下など大人一人が隠れてもすぐに見つかるような場所を捜索しているのだ。

どう捜しても見つからないといった態度に、相手が人間ではないとわかる。

これはもう、都市伝説で有名な『小さいおじさん』を捜しているとしか思えず、そんな妙な幻覚を見てしまうほど疲れさせてしまったのだろうかと心配になった。

『小さいおじさん』は、医学的な見解から、リリパット幻覚という物が小さく見える現象からきているると聞いたことがある。しかも、疲れた時ほどその現象が起きやすく、また、人間の視覚というものは間違いを犯しやすい。

騙《だま》し絵などが、いい例だ。

仕事が忙しいからではなく、仕事が足りなくてストレスになっているのかもしれない。

（どうしたらいいんだ……）

もし本当にそうならば、なんとかしなければと市ヶ谷は焦りを覚えた。そうしている間にも、織田の奇行は続く。

「お〜い。どこだ〜鈴木君。お前が一番使いやすいんだ。俺が悪かった。浮気はしないから、帰ってきてくれ〜」

床に頬をつけんばかりに呼びかけている姿は、妻に逃げられた浮気亭主のようだった。しかし、織田の台詞《せりふ》の中に気になる言葉を見つける。

（使いやすい……？）

なんの話だと思っていると、捜し物に熱中していた織田がようやく市ヶ谷の気配に気づいて振り返った。

しまった――なぜか市ヶ谷の方がそう思ってしまい、ゴクリと唾《つば》を呑んだ。

織田の方はというと驚きこそしなかったものの気まずい気持ちはあるようで、そのままぴたりと動きが止まった。よく見ると、その表情から微《かす》かに焦りのようなものも読み取ることができる。

いつも冷静な織田も、こんな顔をすることがあるのかと感動を覚え、織田の妙な行動もさほど気にならなくなる。

「あの……市ヶ谷先生。戻ってたんですか。人が悪いですね。声くらいかけてくれたらいいのに」

やはり、気まずい気持ちはあるようだ。言いながら立ち上がり、スラックスの膝《ひざ》をはたいて「コホン」と取り繕うような咳《せき》をする。

「何を捜しているんだい？　鈴木君っていうのは」

「万年筆です。一番使いやすいもので……」

「ああ、なるほど」

織田の奇行のわけを聞き、市ヶ谷は心から安堵《あんど》した。

小さいおじさんを見たわけではなかったのだ。単に使い慣れた道具に名前をつけていただけだ。

「じゃあ、一緒に捜そう。鈴木君だっけ?」

名前を確認すると、市ヶ谷は返事を聞かないまま床に膝をついて行方《ゆくえ》不明になった万年筆を捜し始めた。

「お〜い、鈴木く〜ん、どこにいるんだ〜?」

「あの……」

捜し疲れたのか、織田は捜索を再開しようとはせず、それなら自分ががんばってやろうと一生懸命捜索に当たる。しかし、机の下を覗くが何も落ちていない。自分の机の方も見てみるが、こちらもなかった。

「織田君も反省してるから、戻っておいで〜。もう浮気はしないって言ってるぞ〜」

そんなに広い事務所ではないため、どこかに必ずあるはずだ。こういう時は、意外なところに落ちているものだと、織田が捜していたのとは逆の方を向いて少し離れた場所を捜し始める。すると、棚の裏側にそれらしき物が落ちているではないか。

「あ! あそこにいるの、鈴木君じゃないかい?」

思わず声をあげて織田を振り返ると、ただ市ヶ谷の様子を見ていた織田は我に返って棚と壁の隙間《すきま》を覗いた。

「あっ」

どうやら捜し物の万年筆だったようで、織田は物差しを持ってくると、壁と棚の隙間にそれを突っ込んで万年筆をかき出した。埃《ほこり》まみれになっているが、無事発見することができて織田もホッとしているようだ。

市ヶ谷も満足して思わず笑顔になる。

「あ～、よかったよかった。お気に入りの物ってなくすと悲しいよね。僕も長年使ってた名刺入れをなくした時って、落ち込んだなぁ」

一件落着すると、市ヶ谷はすぐに自分の席について仕事に取りかかった。

あずかってきた委任状をクリアファイルに入れ、スリープ状態のパソコンを起こす。

しかし、織田が万年筆を持ったまま、ずっと同じ場所に佇《たたず》んで市ヶ谷のことを見ているのだ。鈴木君捜索のおかげで何事もなかったかのように仕事に戻ったが、一時間近くもサボっていたことに気づかれたのかと思い、仕事の手を止める。

「な、なんだい？」

「あの……突っ込まないんですか？」

「何を？」

「万年筆に名前をつけてることです」

市ヶ谷は、目をぱちくりさせた。織田がずっと妙な顔をして佇んでいたのは、そのせいだったのかとようやく気づき、ここはそうすべきだったのだろうかと気を取り直して突っ込んでみることにする。

「じゃあ……どうして万年筆に名前をつけてるんだい？」

聞いてみるが、織田はどうやら納得していないらしい。聞き方が悪かったのかと、首を傾《かし》げた。もっと物珍しそうにすべきだったのだろうかなんて、ずれたことを考える。

「いやその、別に気にならないんなら、無理に突っ込まなくてもいいんですけど」

市ヶ谷は「う〜ん」と唸《うな》った。

三十一の男が――しかも、弁護士の資格を持ち、エリートの風格を持つクールな男が――お気に入りの万年筆を『鈴木君』と呼んでいたことは、簡単に忘れられることではない。だが、気になって仕方がないというのとも違う。

慣れれば別にどうってことはなくなるだろう。

考えるのに夢中になり、織田が答えを待っていることなどすっかり忘れてしまっていた。すると見かねた織田は、軽く溜め息をついてから、自ら説明を始める。

「実は、俺はお気に入りの物に名前をつける癖があるんです。その特徴に合った名前を考えるのも楽しくて」

「ああ、なるほど。鈴木君ってのは？」

「スムーズに書けるから……スムーズ、スムース……スムー……、スズー……鈴木君」

少し恥ずかしそうにしているのが、意外だった。

「おかしいですよね。変なのは自分でもわかってるんですが……」

「別に変じゃないと思うけど」

市ヶ谷は思ったままの言葉を口にした。

物に愛着を持つのはいいことだ。使い捨ての便利な物が氾濫しているため手軽に新しい物に買い替えるが、修理したり部品を換えたりして使えるならその方がいいに決まっている。

市ヶ谷もボールペンは替えの芯《しん》を持っている。

「うん。やっぱり変じゃないよ」

市ヶ谷は、自分の考えに自ら賛成するように何度も頷きながら言った。

「俺の変な癖より、先生の方が変ってことですかね」

また歯に衣着せぬ言い方をされ、さすがにそれは言いすぎだろうと反論しようとしたが、その瞬間、市ヶ谷はポカンと口を開けた。

（あ……）

また、織田が笑ったのだ。先日見たのと同じ笑顔だ。厳しくて、いつものんべんだらりと仕事をしている市ヶ谷の尻を叩いている織田が、めずらしく笑顔になっている。

「……？　なんですか？」

「いや、君が笑ったから」

そう言った途端、織田は眉《まゆ》をひそめた。とても不機嫌そうな顔だ。けれども本気で怒って

いるわけではないとわかる。

あ〜あ、と声に出しそうになったのは、もう少し見ていたかったからだ。

「どうしてそんな顔をするんだい？　笑っていいのに」

「嫌です。笑いません」

「えー、酷《ひど》いな」

「俺には笑顔は似合わないですから。先生も似合わないと思ったんでしょう？」

「そんなことないよ」

「そんなことあります」

「誰かに笑顔が似合わないとでも言われたのかい？」

「……」

織田の表情が、硬くなった。

今度は、本気で怒っている顔だ。いや、怒っているのではない。嫌なことを思い出した顔だ。もしくは、辛《つら》い記憶が蘇《よみがえ》ったのかもしれない。

また踏み込んではいけない部分に足を踏み入れてしまったのだろう、と反省する。

「あ、ごめん」

「いえ、いいんです。怒るようなことではないし、怒ってませんから」

そう言ったが、本当にそうなのだろうかと、恐る恐る顔を覗き込む。すると、先ほどの硬い表情は消えていた。

（あれ……）

今は、怒っているというより、いじけている表情といった方がいい。どうせ自分には笑顔は似合わないと、拗《す》ねている。感情をあまり見せない男だと思ったのに、意外に子供っぽいところもあるのかと思うと、なぜか心が浮き立った。

「織田君は笑った方がいいと思うよ。格好いい織田君もいいけど、楽しそうな織田君はもっといいと思う」

それは、本音だった。他人の笑顔は素敵だ。

「先生。それは当てつけですか」

「本当だって。もう、変な取り方をしないでくれよ」

「俺はひねくれてるんです。弁護士でしたから」

ああ言えばこう言うで、何を言っても信じてくれない織田に、市ヶ谷はお手上げだった。

完全に子供だ。

まさかこんな一面があるなんてと驚いていると、織田はさらに続ける。

「俺は子供の頃から生意気で、ぶすくれた顔をしてたんですよ。残ってる写真はみんな不機嫌そうなのばっかりです。中学に上がったら先輩に反抗的だって言われて呼び出されるし、グレていたわけじゃなかったのに、高校では体育教官の先生に目をつけられてネチネチ苛《いじ》められたし、大学ではゼミの教授に『君はなかなか生意気だね』なんて嫌味を言われるし、弁護士になってからも不機嫌な顔ばかりしていました」

言いながら嫌なことを次々と思い出しているらしく、輪をかけてどんどん不機嫌になっていく。凶悪な顔と言ってもいい。

「俺は嫌われることが多いんです」

「そうかなぁ。織田君格好いいから、やっかみなんじゃないのかい?」

「性格悪いですし、口も悪いですし」

そう言って市ヶ谷のことをじっと見た。見据えるような視線に、言葉を失う。

「否定しないんですか?」

「えっと……その……確かにズバズバ言うなぁとは……」

「やっぱりですか? やっぱり俺は性格が悪いですか?」

「いや、だからって性格が悪いとまでは……。表裏がないってことだし」

一生懸命言い訳をしていると、織田がいきなり「ぷ」と吹き出した。そこでようやく、面白がってわざとやっていたのかと気づく。

まさか、こんなふうにふざけることがあるとは驚きだ。

「すみません。先生っていじり甲斐があるっていうか、反応がわかりやすいもんですから」

「年上をからかうなんて、酷いよ」

「嬉しかったんですよ、笑った方がいいって言われて。俺は性格がひん曲がってるから、笑顔を見せると何か企《たくら》んでそうなんて言われることも多かったんです」

「誰がそんなことを言ったんだい？　織田君の笑顔は素敵なのに」

「先生の笑顔も愛らしいですよ。四十一とは思えません」

「！」

不遜《ふそん》な顔で『愛らしい』なんて言わないで欲しい。

なぜか妙に恥ずかしくなってきて、市ヶ谷は顔を真っ赤にした。耳まで熱くなってきて、悪循環に陥る。治まれ治まれ……、と念じるほど、カッカしてくるのだ。

すると、織田は凶悪な顔でニヤリと笑った。

「からかわないでくれよ。確かに今の君は、何か企んでいそうな顔をしてるよ！」

恥ずかしくてついそんなふうに言うと、ククッ、と喉《のど》を鳴らすようにして、また笑う。

今度は本当の笑顔だった。


それから市ヶ谷は、急速に織田と打ち解けていった。

叱られることも多く、はじめは怖いと思うことも多々あったが、よくよく織田という人間を観察すると面白いところもたくさんあるのだ。

考えてみれば、武山の孫だ。

あの先生も、見た目は老紳士といった感じで、気軽に話しかけていいのかと思わせる部分がある。はじめは近寄り難いとさえ思ったものだが、本当はお茶目なところがあり、とても気さくで第一印象とのギャップに驚かされた。

織田も同じで、それがわかった市ヶ谷は、織田と仕事をするのが段々楽しくなってきた。ひと月が過ぎる頃になると、前任の佐々木の時と同じように、リラックスして仕事に取り組めるようになっている。

「ねぇ、織田君。白川《しらかわ》さんを貸してくれるかい？　切らしちゃって」

市ヶ谷は、仕事の書類を睨みながらそう言った。白川さんとは、修正テープのことだ。もちろん織田もそれは知っているが、すぐに返事がなく、市ヶ谷はどうしたのだと顔を上げた。

「織田君？」

「先生……、前から言おうと思ってたんですが、無理に俺に合わせてくれなくてもいいんですけど」

言いながら『白川さん』を差し出す。それを受け取り、間違った箇所を白いラインで消してから織田に返した。最後まで使い切る前になくしてしまう市ヶ谷とは違い、織田は資源を無駄にすることはない。

「でも、名前をつけるのって愛着湧《わ》くよね。面白いし」

面白いのは道具に名前をつけて呼ぶことであって、決して織田のことを面白がっているわけではないが、織田は眉間《みけん》に皺《しわ》を寄せた。

「俺を変人だと思ってませんか？」

「そんなことないよ」

「そうですか？」

「そうだよ」

少しばかり疑い深い目をしていたものの違うとわかったらしく、織田は軽く溜め息をついてみせた。

「あなたみたいに素直は人は初めてです」

「え、そうかなぁ」

「俺が前の仕事で出会った人は、自分が悪いことをしてる自覚が十分にあったのに、責任を取ろうとしない人ばかりでした。あなたみたいな馬鹿正直なタイプなんて、すぐに騙されそうです」

素直と言ってくれたわりには、辛辣《しんらつ》なことを言う。何もそこまで言うことはないだろうと、市ヶ谷は苦笑いしながら反論した。

「そんな……騙されたことなんてないよ」

「先生が気づいてないだけかもしれませんよ。いや、きっとそうです」

「そんな滅茶苦茶《めちゃくちゃ》な」

「正直者だって褒めてるんですよ。俺がいた事務所は費用も高かったから腹黒い金持ち連中も多くて、悪いことをしても責任を取らないような輩《やから》ばかりだったんです。まぁ、弁護してたってことは、俺もその片棒を担いでたってことなんですがね」

言っているうちに、嫌なことを次々と思い出して不機嫌になっているようだった。

織田には、どうもそういう傾向がある。普段は心の奥底にしまってあるが、何かのきっかけで外に出てしまうのだ。

顔に出さないぶん、ため込みやすいのかもしれない。それなら吐き出させてやろうと、黙って織田の話に耳を傾ける。

「ここに来て、自分がいかに嫌な仕事をしてきたか、改めて思い知らされましたよ」

「でも、過去のことだろう?」

「過去は過去でも嫌な男だったことに変わりはありません」

「大変な仕事だったんだね」

「中にいた頃は、そんなふうには感じませんでしたけどね」

そこまで言って織田ははたと我に返り、『つい、しゃべってしまった……』とばかりの顔をして、市ヶ谷をチラリと見てから少し気まずそうな表情になった。

「いえ。もう終わったことですから。とにかく自分に非があっても謝らない連中の肩を持つような仕事は、もううんざりです」

「もしかしたら、嫌なことを思い出させてしまったかな。ごめんよ」

「いえ、思い出したらなんだか腹が立ってきて、言いたくなっただけです。先生が悪いわけじゃないですから。でも、もう言いません」

「言いたかったら言ってもいいんだけど」

「いえ、本当にもういいんです。俺、こんなんじゃなかったんですがね。先生のせいですよ。先生が相手だと、つい、しゃべってしまうんです」

吐き出してしまった織田は、恥ずかしくなったのか、市ヶ谷が催促していないのに仕事の手を止めて立ち上がった。

「そろそろ休憩でも入れましょうか」

いつもそれを切り出すのは、のらりくらりとしている市ヶ谷の方なのに、今日はめずらしいことだ。もしかして、照れているのかもしれないと思うと、話を聞いてよかったと思った。昔のことでも、話すことで気持ちが楽になるなら、いくらでも相手になる。

そして、織田の照れた顔を思い出し、あんな織田は滅多に見られないぞと、戻ってきたら和菓子を食べながら観察してみようなんて子供じみたことを考える。

しかし、給湯室から戻ってきた織田は手ぶらだった。茶もなければ和菓子もない。おまけに、困ったような顔をしていた。

「……どうかした？」

「先生、実はとんでもない失敗をしてしまいまして……」

申し訳なさそうなその表情から、ただごとでないとわかる。

オールマイティな人間などいないが、織田がとんでもない失敗をしたというのが信じられず、自分の聞き間違いかと思って確認した。

「失敗？　織田君が？」

「はい」

この男が仕事で失敗をするなんて、めずらしいことだ。仕事の覚えは早く、市ヶ谷の事務所に来て二週間でベテラン補助者のような働きを見せてくれただけに騙されているんじゃないかと思ったが、織田が嘘をついているようにも見えなかった。

そろそろ、疲れが出てきているのかもしれない。

新入社員が新しい環境や仕事に慣れてきた頃に、失敗が増えるものだ。まだひと月だが、織田は覚えが早いぶん疲れも早く出てしまったのだろう。

「失敗なんて誰でもするよ。織田君がしっかりしすぎてるんだ。今まで何もなかったのが不思議なくらいなんだから……。で、失敗って何？」

さりげなくフォローを入れて報告を促すが、よほど酷い失敗をしでかしたのか、織田はすぐにはその内容を口にしなかった。言いたくない、という気持ちが滲み出ている。

市ヶ谷なら、失敗をつい隠してしまいたくなることもあるが、織田がこんな態度を取るなんて、かなりめずらしい。

どちらかと言うと、潔く報告してこれ以上酷いことにならないよう、冷静に、そして素早く対処する方だ。

「実は、冷蔵庫の虫なんですが……」

織田は難しい顔のまま、ようやく重い口を開いた。

「虫？　……ああ、釣り餌《え》のサシ虫のことだね。捨てちゃったのかい？」

「いえ、二週間ほど前に冷蔵庫の中を整理したんですが、虫の入ったビニール袋を棚の上に置いていたら、戻すのを忘れてそのまま外に……」

「もしかして、さなぎになった？」

「もっと悪いです」

「羽化しちゃった？」

「……はい」

申し訳なさそうに頷く織田を見て、罪悪感を刺激するのは可哀相《かわいそう》だと思うが、さすがに想像すると顔を引きつらせずにはいられない。

「そ、そう……」

大したことないという態度を取りたかったが、無理だった。織田も思った通りの反応だという顔で、市ヶ谷を見ている。

サシ虫とは、蝿《はえ》の幼虫のことだ。つまり、さなぎになってそれが羽化すると、蝿になる。

「とりあえず、見てみるよ」

どんなことになっているのか自分の目で確かめようと、市ヶ谷は給湯室に向かった。

見ると、食器棚の上に羽化した蝿がぎっしりと入った小さなビニール袋がある。おがくずにまみれており、飛ぼうとして翅《はね》を震わせているのだ。

「う……」

さすがの市ヶ谷も、この光景は強烈だった。一、二匹ならまだしも、大量の蝿が小さなビニール袋の中に、すしづめ状態なのだ。ウンウンと翅音のようなものが、微かに聞こえてくるのもいけない。

「すみません」

再び申し訳なさそうに言われ、顔の筋肉だけで笑顔を作った。

「いいよいいよ」

「このまま捨ててもいいもんですかね？」

「多分。ジップは閉じてるから、外には出ないと思うし」

「念のためにつぶしてから捨てますか？」

真面目《まじめ》な顔で言われ、中からどろっとした物を出しながらつぶれている蠅の姿を想像し、ぞわぞわと鳥肌が立った。

「いや、このまま捨てよう。どうやってゴミ箱に入れるかだけど」

「持ちたくないですね。さっきビニールを持ったら、翅を震わせてる振動が手に……」

「い、言わないでいいよ」

詳細に報告しようとする織田を止め、いったん事務所に物差しを取りに戻ってから厳重に包めるようスーパーの買い物袋も用意した。そして、恐る恐る近づき、物差しの先を使って中に入れようとする。

しかし、その時だった。

手元が狂って床に落としてしまったのだが、なぜかビニールの下から蠅が這《は》い出してきて、飛び立ったではないか。

ジップ部分が劣化していたのか、それとも別の原因で袋が破れてしまったのか——。

市ヶ谷は、思わず織田に抱きついた。

「わ〜〜〜〜〜〜〜っ」

蠅は次々と袋から飛び出し、狭い給湯室の中をぶぅぅぅ〜〜ん、と飛び回り始める。軽く三十匹はいるだろう。それらが翅音で大合唱をしていた。

おまけに、数匹事務所の方へ飛んでいってしまった。

これほどおぞましい経験をしたことはない。

「お、織田君っ、織田君っ、織田君っ」

給湯室から出ればいいのに、織田に抱きついたまま、蠅が自分の方へ飛んでこないかと慌てふためいた。さすがに織田は慌てず騒がず、抱きつかれるまま地蔵のように棒立ちになって冷静に言う。

「先生、とりあえず窓を開けて逃がしましょう」

「そ、そうだね」

二人はなんとか窓を全開にし、ノートを使って蠅を追いやった。しかし、なかなか上手くいかない。

十五分かけてなんとか全部外に出してしまうと、市ヶ谷は脱力するあまりよろよろと歩いていき、ソファーに腰を下ろした。それを見た織田が、慇懃《いんぎん》な態度で言う。

「すみません。まさかこんなことになろうとは。一生の不覚です」

「まぁ、失敗なんて誰にでもあるよ」

こんなに疲れたのは久し振りだ。まだ鳥肌が収まらない。

その様子を見た織田は、詫《わ》びとばかりに、先ほど用意しようとしていた茶と和菓子を準備しに給湯室へ消えた。ほどなくして、水出しの冷たい緑茶と水羊羹《みずようかん》が出てくる。

「どうぞ。とりあえず蝿のことは忘れて休憩してください」

「わ、今日の和菓子も美味しそうだね」

氷の入った緑茶の鮮やかなグリーンはなんとも涼しげで、水羊羹のみずみずしさも美しく、市ヶ谷は蝿のことなど忘れて、一気に元気を取り戻した。

さっそく緑茶に手を伸ばし、口をつける。

「あ〜、君が淹れるお茶は美味しいね〜」

「そうですか」

「うん。和菓子の選び方もセンスがあるし、慣れてなきゃこうはいかないよ。前の仕事場には年配の人が多かったのかい？」

「まぁ、そうですかね。それより先生。サシ虫は触れるのに蝿は駄目なんですか？」

テーブルを挟んだ向かい側に座った織田は、不思議そうな顔でそんなことを聞いてきた。

「芋虫が苦手でも、蝶々《ちょうちょう》は大丈夫って人は多いだろう？　それに、虫もあんまり得意じゃないけど、餌《えさ》だと思うと触れるんだよ。はじめは苦手だったけど」

「そんなもんですかね？」

「釣りは楽しいから」

「今は駄目ですよ」

釣りがしたいと思った途端、先回りするように素早く言われて冷や汗を掻く。

なんでもお見通しの優秀な補助者は、市ヶ谷の脳裏によぎった誘惑すらも見抜いてしまうらしい……。

「俺の目を盗んで、いつもの川で釣りしてこようと思ったでしょう?」

「思ってないよ」

「嘘ですね」

「……」

「ほらやっぱり」

言ってから水羊羹を口に運ぶ織田は、まるで厳しい先生のようだ。

「ちょっとしたいなって思っただけだよ。それに、今からの季節だと、渓流釣りがいいよ。夏場はすごく涼しいし、水も冷たくて最高なんだ。釣った魚をその場で焼いて食べたりしたら最高だよ」

「どんなに釣りの面白さを説明しても、仕事をサボったら駄目です」

「仕事中に渓流釣りに行くとは言ってないだろう。それに、織田君だって一回ハマったらのめり込むと思うんだけどなぁ」

「そんなに言うなら連れていってください」

「えっ!」

予想外の言葉に思わず声をあげると、織田は愛想のない顔で市ヶ谷を見たまま、茶を啜った。

　その目つきの悪いことといったら……。

「まぁ、俺みたいな顔をしたのが自然の中で健康的に釣りなんて、絶対似合いませんけどね」

「ち、違うよ、そういう意味で言ったんじゃ」

「ええ、ええ。どうせ俺は自然なんて似合いませんから」

　わざとそんな言い方をする織田は、意地悪極まりなかった。正直者の市ヶ谷が太刀打《たちう》ちできるはずがない。そんなに苛めないでくれよ……、と思いながら、なぜか絡んでくる織田の機嫌を取ろうと深く考えもせずに思いついたことを口にする。

「じゃ、じゃあ今度一緒に行こうか？」

「俺みたいな性格の悪いのが行ってもいいもんですかね」

「いいよ。っていうか、織田君はいい人だよ」

「白々しいです、先生」

「本当だって」

「じゃあ、行きましょう」

　特に嬉しそうでも嫌そうでもない顔で言われ、我に返った。本当に自分なんかと行きたいのかと疑いの眼差《まなざ》しを向けると、織田は意地悪な笑みを浮かべる。

「……っ！　からかってるだろう」

「よくおわかりで。先生は笑顔も愛らしいですけど、焦ってるところも愛らしいですね」

「！」

言ってはいけないことを言ったなと、市ヶ谷は顔を真っ赤にした。織田に『愛らしい』と言われると、妙に恥ずかしいのだ。能面のような顔で言うものだから、なおさら悪い。

「四十一のおっさんにやめてくれ」

嫌がれば嫌がるほど面白がっているのがわかり、なんて奴だと思うが、織田はさらに意地悪そうな笑みを浮かべてこう言った。

「先生。釣り、楽しみにしてますね」

# 3

梅雨《つゆ》が明けて本格的な夏が来ると、約束通り、二人は渓流釣りにやってきた。

前の日が仕事だったため、昼から待ち合わせをして到着したのは午後二時を過ぎていたが、市ヶ谷が昔から利用する穴場で二人以外人の姿はない。

まさか本当に実現するとは思っておらず、不思議な気持ちでいっぱいだった。スーツを着ていない織田を見るのも初めてで、いつもと違う織田に落ち着かない。

「空気がひんやりしていて本当に気持ちがいいですね」

「水も冷たいから川に入ると気持ちいいよ」

「こういう遊びって、大学の頃に海でバーベキューして以来ですよ」

舗装された山道の途中に駐車スペースを見つけ、二人は車を停《と》めて荷物を下ろし始めた。軽々と荷物を下ろして肩に担ぐ織田に、ついつい目が行ってしまう。

三つ揃いのスーツも似合うが、織田の私服姿もよかった。

膝下までの短パンに白いTシャツ、素足にズックを履いているが、足首からふくらはぎにかけての男らしいラインが美しい。適度に生えた脛毛《すねげ》も男っぽく、しっかりと筋肉がついているのに余分な脂肪がついていないからか、くるぶしの辺りは骨ばっていて、その凹凸《おうとつ》が作る陰影は芸術的とすら思った。

また、キャップを被《かぶ》ったサングラス姿も似合っており、前髪を下ろしていると印象が変わる。三、四歳は若く見えるし、何より堅いイメージが和らぐのだ。

ここが人の多く集まるキャンプ場なら、若い女性がテントの立て方がわからないなんて口実を作って逆ナンパしてきそうだ。たとえ市ヶ谷のような冴えないおっさんがおまけについていても、織田の魅力を以ってしたら気にするほどのことではなくなるだろう。

それに比べて自分は……、と、市ヶ谷は自分の姿をじっと眺めた。

脛毛は薄く、筋肉もあまりついていない。何より、いかにも事務職ですといわんばかりに肌は白くて、全体的にひょろひょろしている。昔から筋肉がつきにくく、食べても太らない体質だったため、男臭く成長することのないまま今に至った。

自然の中にいると、自分の躰がいっそう貧弱に見えてきて、コンプレックスを刺激される。十も年下の男と張り合うつもりはないが、羨《うらや》ましいと思うくらいの気持ちは残っている。

「何を見比べてるんですか?」

「!」

自分の脛《すね》を眺めていたことに気づかれ、市ヶ谷はなんとか誤魔化《ごまか》そうと愛想笑いを浮かべた。

「別に……なんでも」

「俺のカラダに見惚《みと》れてましたね」

「……っ！」

含んだ言い方をされ、市ヶ谷は顔を真っ赤にした。変な目で見たつもりはなかったが、疑いの眼差しを向けられると犯してもいない罪を認めさせられそうになる。

「ちが、ちが……っ」

「冗談ですよ。いちいちそう反応するから、ついからかってみたくなるんです」

「人が悪いな」

「だから俺は性格が……」

「悪いなんて言ってないよ」

すぐに否定すると、織田は笑った。

このところ笑顔もめずらしくなくなったが、今日は特によく見せてくれるような気がする。これも、自然の中に身を置いているからなのかもしれない。そう考えると、来てよかったと思えてきて年甲斐もなく心が躍った。

「ほら、こっちだよ。あの辺に荷物を置こう」

渓流釣りといっても本格的なものではなく、あくまでも趣味の範囲だ。子供が来ても危険が少ないほどの緩やかな流れで、水深もそうない。

少し開けた場所に荷物を置き、川の水でノンアルコールビールを冷やしてからさっそく釣りの道具を並べた。使い込んだ道具箱の中には、買ってきたばかりのハリスなども入っている。織田のために用意したものだ。釣り竿は、市ヶ谷が予備で持っているものを貸すことになっている。

渓流用の細いものだが、しなやかで、二番目に気に入っている竿だ。

「これ、どうやって仕掛け作るんでしたっけ？　子供の頃に何度かやったんですけど、すっかり忘れてますね」

「僕が教えてあげるから、その荷物出して」

市ヶ谷はリュックの中から道具箱を出して準備を始めた。畳んでいる竿を伸ばし、釣り糸を結んで装着する。

「この竿はよく釣れるんだ。名前はヤマァ〜メ一号にしたんだよ。ヤマァ〜メの『マァ〜』は『マー』って伸ばすんじゃなくて『マァ〜』って抑揚つけるんだ」

「まだ続けるつもりですか？」

「ストレートな名前でいいだろ？　君のは二号ね」

糸を引っ張って竿のしなやかさを確認すると、適度な弾力で引っ張り返してくる。

使い慣れた道具に、ワクワクとした期待を抱かずにはいられなかった。早く釣りを始めたくて、手早く糸の先にサルカンと呼ばれるクリップを装着してハリスを結び、織田に教える。

織田もやりながら少しずつ思い出しているようで、「ああ、そうでした」と言いながら手早く準備を進めていった。仕事も早いが、こういうところでも織田の有能さは発揮され、さほど教えなくても、日頃から釣りをし慣れている市ヶ谷と同じタイミングで準備を終える。

「でも、よく考えてみると釣りはともかく、男二人でバーベキューまでするなんて、ちょっと変ですよね」

「そうかな?」

「今までは誰と来てたんですか?」

「一人だけど?」

まさかそんな返事が来るとは思っていなかったようで、織田は信じられないという顔をした。特におかしいと思ったことがないだけに、市ヶ谷もどう反応していいのかわからない。

「そんなんだからいまだに独身なんですよ」

「う……」

口の悪さは、今日も絶好調だ。

確かにそれもそうだと気づき、自分は一生独身なのだろうかとにわかに己の老後が不安になってくる。今はいいが、歳《とし》を取って隠居したら寂しくなるのではないかと思えてきた。

「先生は女の人に興味はないんですか?」

「ないことはないよ。優しい女性は大好きだし」

「でも、先生は結婚に対してもあまり前向きじゃないですよね？　婚活とかしてないでしょう？」

「もう四十一だし、そういう情熱もねぇ」

「四十一にしては枯れすぎですよ」

そう言われても、出会いを無理やり作ろうとは思わないのだ。あくまでも自然な流れでの出会いがいい。それが性に合っている。合コンなんてものに参加したことがないのも、そういった理由だ。

「じゃあ、今度から俺がつき合ってあげましょう」

「え！」

思わず声をあげると、織田は意地悪そうな笑みを見せた。

「嫌そうな顔しましたね」

「そんなことないよ。と、とにかく始めよう」

市ヶ谷は織田に背を向け、近くの岩をめくり始めた。

「何してるんです？」

「餌を探してるんだよ。一応用意はしてるけど、その辺の岩をひっくり返すと虫がいるからそれを使おう。いつも食べてる物だから、その場所で捕まえた虫を使うとよく釣れるんだ」

「なるほど」

織田も隣にしゃがみ込み、一緒になって虫を探し始める。近くに落ちていた木の棒で石の下の泥を探ってみると、ミミズが数匹団子状になっているのを見つけた。

「あ、織田君。こっちにたくさんいるよ」

そう言ってミミズを手に取り、絡まったそれをほどいていく。

「よく触れますね」

「餌だと思うと平気なんだ。ほら、解けたよ。これを使うといい」

織田はあまり得意な方ではないらしく、眉間に皺を寄せたまま市ヶ谷が差し出したミミズを手のひらに載せた。持てあましているようで、微動だにしない。本当は触りたくなどないのだろう。我慢しているのがその表情からよくわかった。

それがおかしくてたまらない。

「先生、これに針を刺すんですか？」

「そう。取れないように、こっちから針を入れて、こう……こんなふうにね」

「なかなか残酷なことで」

言いながらもいったん覚悟をすると完全に開き直ったようで、教えた通りにさくさくとミミズを針に刺し、川の中に放り込む。

「よ……っと」

織田の投げた糸の先は、いかにも魚がいそうな少し深くなっている岩の陰に落ちた。教えたわけでもないのに、ポイントを押さえているのはさすがだ。

デキる男は、こういうところでも才能を発揮するものかと感心していると、ほどなくして織田の竿の先に明らかな反応が出る。

「あ、来てるよ！」

釣り竿の先が震えたかと思うとぐっと大きく曲がり、獲物の影が見えた。なかなかの大きさで、元気もある。魚の動きそのままに竿の先が震えているのを見て、ワクワクと胸が躍った。

「引いていいんですか？」

「うん、早く引いて！」

織田が一気に竿を引くと、水の中から斑模様の美しい魚体が姿を現した。木々の間から差し込む太陽の光を浴びてキラキラと輝いているそれは、しきりに躰を動かして針を外そうとしている。

まさに、生命の躍動感。

あっという間に釣れてしまったことに市ヶ谷は驚くが、織田の方は涼しい顔をしている。

「山女ですね」

「すごい。すごいよ織田君。初心者とは……」

「先生のも引いてますよ」

「あ！」

市ヶ谷の竿にも、手応えがあった。竿を通して、魚が躰を翻して抵抗している様子が伝わってくる。

この感覚が好きなのだ。ビビビッ、と勢いよく震える竿を引き、獲物を手にする。

「あ……」

山女がかかっていたが、手元に引き寄せる前に針が外れて川の中で落ちてしまった。喰いが浅かったのだろう。逃げてしまった山女は川の中に落ち、岩陰に隠れてしまった。

「意外に下手ですね」

「！」

はっきりと言われ、市ヶ谷は年甲斐もなくムキになって反論する。

「き、君が先に釣ったから、ちょっと焦ったんだよ」

「またまた。本当はものすごく下手なんじゃないですか」

「そんなことないよ。大物を釣ったことだってあるんだ」

「そういうことにしておいてあげましょう」

「そういうことって……っ」

「まぁまぁ。わかってますって」

このところ、織田が輪をかけて意地悪になっている気がする。遊ばれているのだ。

（本当に人が悪いんだから……）

心の中だけで口を尖《とが》らせ、今度こそはと、先ほど捕まえたミミズをもう一度針に装着して釣り糸を放った。しかし、次の獲物を狙って隣で釣り糸を投げる織田を見て、自然と笑みが漏れる。

口が悪いということは、気を許してくれている証拠だ。ずけずけとものを言うが悪意はまったく感じられず、市ヶ谷の方も、こういったやりとりをどこかで楽しんでいる。

「なんですか？」

自分が見られていることに気づいた織田と目が合うが、仕返しとばかりにそっぽを向いてやる。

「な～んでも」

出会ったばかりの頃と比べると、今の方がずっと親密になっている気がして、ふふふ、と自然と笑みが零れた。それを見た織田がいつもの調子で市ヶ谷をからかったが、ますます楽しくなってくる。

何を言われても笑っている市ヶ谷を見て、さすがに織田も不審な顔をしていた。

楽しい時間というのは、あっという間に過ぎるものだ。

山女釣りに夢中になっていた二人は、腹の虫が空腹を訴えるのに気づいてようやく川の中から出てきた。夏場は日が長いためそんなに時間が経ったように感じなかったが、すでに午後六時を過ぎている。

「夢中になるとお腹《なか》が空《す》いたのも忘れるよね」

「俺もこんなに童心に返ったのは久し振りですよ。先生のおかげです」

今度は買ってきた炭に火を入れて串を刺した山女を網の上に並べた。塩を振った山女は、すぐにいい香りを放ち始める。美味しい空気といい景色というスパイスの手を借りれば、いっそう美味しそうに見えるから不思議だ。一緒にいるのが織田というのも、それに一役買っているのかもしれない。

今日一日普段とは違う姿を見せられ、親近感がますます湧いてくる。初めて事務所に来た時は、いったいどうなることかと思ったが、今はすっかり市ヶ谷の補助者としてツボを心得た仕事をしてくれるし、こうしてプライベートまで一緒に過ごせる仲になった。

エリートの風格を持ち合わせているからか、どこか近寄り難さを感じていただけに、織田の素顔を見ることができるようになり心が浮ついている。

口が悪いところもお気に入りのものに名前をつけるところも含めて、織田という人間の魅力が段々わかってきた。知れば知るほど、好きになっていく。年齢は十歳も離れているが、市ヶ谷も爺様先生たちとはいい友人関係を築いているのだ。

きっと織田とも、もっと親しくなれる。

「あ、ビールいるかい？」

「はい。でも最近は便利になりましたよね。昔は誰が車を運転するかで揉《も》めたもんです」

「僕はもともとそんなに飲まないし、普通のビールでもよかったのに」

「先生が素面《しらふ》なのに、俺だけ酔ってるのもなんなので」

そうしているうちに日が落ちてきて、辺りの様子も次第に変わってきた。まだ薄暗い程度だが、そろそろと近づいてくる闇《やみ》が東の空を覆い始めている。

「あ、焼けたよ。どうぞ」

「どうも」

市ヶ谷は織田に一つ渡すと、自分も手に取ってあつあつに焼けた山女に思いきりかぶりついた。外側はパリッと香ばしく、中はふっくらしていて山女の味が口の中にふわりと広がる。

それを見た織田も、スーツを着ている時からは想像できないほど大きな口を開けて食べ始めた。

「なるほど旨《うま》いですね」

「だろう？　やっぱり自分で釣った魚を食べるのが一番美味しいよ」

「そういえば、先生はブラックバスとかやらないんですか？」

「うん。あれはちょっと違うんだよなぁ」

市ヶ谷は、基本的に食べない魚は釣らない。スポーツとしての釣りというのが、苦手なのだ。単に喰い意地が張っているだけでもあるのだが……。

釣った後にこうして食べられるのが、一つの楽しみだ。

どうやったら喰いついてくれるか、餌の種類やつけ方、その動かし方や棚の深さ等々、いろいろな工夫をして魚と知恵比べをするのが釣りの醍醐《だいご》味《み》と言える。だがやはり、釣りたての新鮮な魚を自分で料理して食べることに勝る楽しみはない。

「先生。もしかして、バーベキューも一人でやってるんですか？」

「！」

手を止めて織田を見ると、見透かしたような目を向けられる。

「え……。や、やってないよ」

「嘘言いましたね。やってますね？　一人で寂しくバーベキューをやってますね？」

「やってないってば」

「いいんですよ、正直に言って。今度から俺がつき合ってあげますから」

サラリと言われ、市ヶ谷の心臓が小さく跳ねた。具体的に次の予定を決めたわけではないが、まさか約束されるとは思わなかった。

女性とのデートの約束も、こんなふうにスマートに取りつけるのだろうかと思うと、自分とはまったく違う年下の男に羨望《せんぼう》の眼差しを向けてしまう。

しかし、口の悪さは相変わらずで、織田は自分に見惚れる男に容赦ない言葉を浴びせた。

「四十を過ぎた男が一人、釣りしてバーベキューまでするなんて悲しいですから」

「ここまで本格的にはしないよ。釣った魚をその場で塩焼きにして食べるくらいだよ」

「今やってるのと同じじゃないですか」

「違うよ。今は一人用の炭火焼きセットなるものもあるんだよ。手軽に用意できて、片づけも楽だから……」

言いながら、確かに織田の言う通りだと思った。楽しくてやっているが、傍《はた》から見るとやっぱり寂しい四十一歳なのだろうかと、少しばかり落ち込む。

「そんな顔しないでください。今度からつき合いますって言ってるでしょう?」

「無理につき合わなくていいよ」

大人げないとわかっているが、織田があまりにもクールに言うものだから、いじけたような態度になってしまう。

「無理じゃありません。外でビールを飲むのは気持ちいいですね」

「ノンアルコールビールでもかい?」

「飲みたくなったら、マンションに戻って料理してもいいし。こういうのは、本当に久し振りだから、俺も十分楽しんでるんですよ」

「休日に友達と出かけたりしなかったのかい？」

「仕事が忙しかったから、せいぜいビアガーデン程度ですよ。そんなことより、市ヶ谷先生はまだ十分若いんだから、もう少し意欲的に仕事をしてもいいと思いますけど？」

いきなり仕事の話をされ、市ヶ谷は苦笑いをした。しかも、織田に「まだ若いんだから」と言われるのは、違和感がある。

確かに司法書士仲間の中では一番年下で、いつもひよっこ扱いだが、世間的に四十一歳は中年なのだ。年下の男に若いと言われる年齢ではない。しかも、市ヶ谷は年齢以上に気持ちが歳を取っているのだ。隠居寸前と言われることすらある。

「僕なんて全然若くないよ」

「そんなことないですよ。市ヶ谷先生は十分に若いです」

言いきられて複雑な気持ちになる。お世辞なのか、それともまた意地悪をしてからかっているのかと、疑いの眼差しを織田に向けた。

すると、自分の言葉を疑われているのがわかったらしく、大真面目な顔をして言う。

「先生は本当に愛らしいですよ」

「……っ！　また、そういうことを言う」

顔が真っ赤になっていくのが自分でもわかった。

織田の『愛らしい』は、本当に恥ずかしいのだ。表情を変えずに言うものだから、言われた方が照れてしまう。どうしてこの男は、こんな顔で恥ずかしいことを平気で言うのだろうと思う。

「何照れてるんですか」

「だ、だ、だって、……っ、織田君がからかうから」

「からかってなんかないんですけど」

「ほら、からかってるじゃないか」

「本当ですよ。自己評価が低すぎなんですよ、先生は。まぁ、そういうところも愛らしいんですがね」

優しげな視線を向けられ、言葉が出なくなった。『愛らしい』なんてとても信じられないが、からかっているとは思えない表情だ。

ゴクリ、と喉が鳴る音がして、自覚している以上に緊張していることに気づかされる。

どうしたらいいんだと硬直しているうちに、織田の顔が近づいてくる。その視線は、市ヶ谷の唇に注がれていた。

（え……）

触れる唇。

一瞬、何が起きたのかわからなかった。だが、再び織田の顔が近づいてくる。今度は、何をされるのかちゃんとわかっていたのに、じっとしていた。

待っていたのだ。

「……先生」

熱い眼差しを注がれただけで、市ヶ谷は年甲斐もなく胸が高鳴るのを感じた。


市ヶ谷は、事務所の机で物思いに耽《ふけ》っていた。

普段からぼんやりしている男は、さらに輪をかけて惚《ほう》けており、心ここにあらずだ。何をするのも上の空で、急に赤くなったり青くなったりしている。

それを見た司法書士仲間の飛驒が、仲良しの福山に何やら耳打ちしていたが、それすらも気づいていなかった。市ヶ谷の様子がおかしいというのは、仲良しの先生たちの間であっという間に広まったが、本人にはそれに気がつくほどの余裕はない。

(どうしてあんなこと……)

何度も確認するように織田とのキスシーンを思い出してしまうのは、決して嫌悪からではなかった。市ヶ谷の初恋は遅くて中学二年生の時だが、あの頃のような、なんとも落ち着かなくむず痒《がゆ》い気持ちが胸の奥にある。

いわゆるときめいている状態であることは間違いなく、なぜこんなことになってしまったのだろうかと、途方に暮れるばかりだ。

（よ、四十一歳だぞ……）

自分の状態を傍から見ると、さぞかし滑稽《こっけい》だろう——そう思うと、恥ずかしくてどうにかなってしまいそうだった。どうして自分のような冴えないおっさんを相手に、あんなことをしたのだと、織田を問いつめたかった。同時に、あまりの照れ臭さに、なかったことにしてしまいたいという思いもある。

答えの出ない疑問で頭がいっぱいだからか、事務所のドアが開いたのも気づかず、机に両《りょう》肘《ひじ》をついて頭を抱えていた。

「ただ今戻りました」

「——っ！」

いきなり声をかけられ、市ヶ谷は弾《はじ》かれたように顔を上げる。動揺を隠せない市ヶ谷とは裏腹に、いつもの冷静な態度で織田が立っている。

「お、お疲れ様」

なんとか言葉になったが、その先が続かない。

今日は朝からずっとこんな状態だ。辛うじて仕事はこなしているが、織田のことが気になって仕方がなく、仕事に集中できないのだ。もう夕方だというのにこの状態に慣れるどころか、ますます気まずくなっていく。

キスのことにまったく触れずにいるのも、ギクシャクしてしまう要因だった。

なかったことにしたいのなら平然と構えていればいいのだが、動揺していることを隠しきれずに一人で慌てふためいている。

昨日も、キスをされた後「すみません」と言われた市ヶ谷は、何もされなかったという顔をしてそのことには触れず、けれども動揺は隠せずに変なことを口走りながらそろそろ帰ろうと言って道具を片づけた。まだこれからだというのに、急に帰る用意を始めた市ヶ谷を見て、黙って従う織田に罪悪感を刺激された。おまけに、車の中で疲れて寝込んだふりをし、本当に寝てしまったのだから救いようがない。

起こされたのは市ヶ谷のマンションの前で、送ってくれた礼を言った後は逃げるようにマンションに入ったのである。

あの時、もう少し何か違う行動に出ていれば、今頃こんな気まずい空気を共有していなかったのではないかと思うと、後悔することしきりだ。

「先生?」

硬直しているうちに織田が視界に入ってきて、何か言わねばと言葉を探す。いつも通りの言葉をかければいいだけだが、それさえも市ヶ谷にはかなりハードルの高い行為だった。

「お帰り。おつ、お疲れ様……っ」

普通を心がけたつもりだが、声が上ずっているのが自分でもよくわかった。織田がそれに気づかないはずはないが、何か言うとさらに市ヶ谷が動揺すると思ったのだろう。いつもの調子で、鞄《かばん》を自分の机の上に置く。

「お茶を淹れますね」

「あ、ありがとう」

織田が給湯室に消えると安堵したが、今見えないだけであそこにいるのかと思うと、再び動悸《どうき》がしてきて何も手につかなくなった。給湯室から戻ってくる前に、何を言おうか考えておかねばと思うが、結局何も思いつかないまま織田が盆を手に出てくる。

「茶菓子を買ってきました。先生、豆大福はお好きでしたよね」

「あ、ああ。好きだよ。ありがとう」

豆大福のことなのに、「好きだよ」という自分の言葉に妙な焦りを覚えた。挙動不審になってしまい、とにかくこの場をなんとか切り抜けようといつものように茶に手を出すが、駄目な時は何をやっても裏目に出るものだ。

「あ、熱……っ」

しっかり持ったはずの湯のみが、手の中から逃げてしまう。それはまるで市ヶ谷をからかうように、コロコロと転げながら織田のところまで転がっていった。スラックスも汚してしまい、近くにあったティッシュで急いで拭《ふ》く。

「何やってるんですか、先生。ボケるにはまだ早いですよ」

「ご、ごめん」

「シミになります。それにほら、そんなに擦《こす》るからけばだったティッシュがついてしまってるじゃないですか。何してるんです」

「ああ、そうだった」

「いいから俺に任せてください」

給湯室にいったん消えた織田は、新しいタオルを手に戻ってきた。そして市ヶ谷の目の前に跪《ひざまず》き、濡《ぬ》れた部分をタオルで押さえて軽く叩く。

意識しているからか、まるでセレブ御用達のホストを前にしたようだ。品位のある男に目の前に跪かれたら、心臓が破裂してしまう――完全に織田を意識してしまっている市ヶ谷は、どんな行動にも胸を高鳴らせてしまう。

「いいよ。自分でやるから」

「先生に任せたらティッシュのカスでスラックスが汚くなるだけです。大丈夫です。いきなり脱がしたりしませんよ」

「――っ!」

言い方は事務的だが、明らかに昨日のことを踏まえての発言に、心臓が大きく跳ねた。

緊張するあまり指先一つ動かせなくなり、息を殺してじっとしている。すると、織田は跪いたまま市ヶ谷のことを見上げた。

迫力のある視線だ。そんなに真っすぐに見つめられたら息が止まってしまいそうだと、四十一年も生きてきた男とは思えないような気持ちでいっぱいになる。

「すみません。さっきのは含んだつもりはありませんでした。冗談ですよ」

「そ、そんなことわかって」

「じゃあ、どうして膝の上で拳《こぶし》を握り締めてるんです？」

「あ……」

極度の緊張のあまり、膝の上に置いた手をしっかり握っていたことに気づいた。何も答えられないでいると、織田は軽く溜め息をついて立ち上がる。

じっと織田を見上げていたのは、見惚れていたからだ。

「このままギクシャクするのもなんなんで……」

そう切り出され、身構えずにはいられなかった。それを見た織田が、また溜め息をつく。

「そんなに緊張しないでください。取って喰おうなんて思ってませんよ、先生」

いつもの織田の口調だった。

「昨日はすみませんでした。あんなことしてしまって……」

「い、いいよ。君みたいな若い子にとっては、あんなことはそんなに大したことじゃないだろうから……」

しどろもどろになりながらも、なんとかそれだけ言う。

織田は優秀だ。できればこのまま事務所で働いて欲しい。自分さえ忘れれば元通りになると言い聞かせ、無理やり笑顔も作った。上手く笑えた自信はないが、これが今の市ヶ谷にできる精一杯のことだ。

すると、意外にも織田は落胆した顔を見せる。

「そんなんじゃありません。市ヶ谷先生が好きになったから、キスしたんですよ。気軽にキスなんてしません」

「え……」

真っすぐに見据えられ、言葉が出なかった。

大人の男の顔をする織田を見て、また胸が小さく高鳴る。同じ男だというのに、しかも十も年下だというのに、どうしてこんな気持ちになるのか不思議だ。

「でも……、でも……っ、僕は四十一だし」

「実はね、俺は年上が好きなんです。しかも男が……」

いきなりのカミングアウトに、市ヶ谷はますます混乱していく。

隠居寸前の先生たちに囲まれて平和な日常を送っていた市ヶ谷にとっては、同性に告白されるのは天地がひっくり返るほどの一大事なのである。こういう告白は勇気が要《い》るだろうに、織田の方が冷静なのも市ヶ谷をさらに戸惑わせる一因だった。

落ち着き払った態度は、まるで法廷に立つ弁護士だ。実際には見たことはないが、以前はこんなふうに依頼人の利益のために優秀な頭脳を駆使していたのだろうかと想像し、三つ揃いのスーツに身を包んだ織田がますます男前に見えてきた。

顔が火照っていることに気づかれたくなくて、市ヶ谷は深く俯《うつむ》いたまま固まっていた。

「気持ち悪いですか?」

「え、いや……そんなことは……っ」

「俺とつき合ってくれませんか?」

驚くあまり顔を上げた市ヶ谷は、この上なく真剣な表情で自分を見下ろす織田と視線が合った。誰が見ても男前で、とても自分なんかが釣り合う相手とは思えなかった。

「駄目ですか?」

「だ、駄目も何も……男同士だし、こんなおっさんだし」

「年齢や性格なんて関係ないですよ」

そんなことを言われても、思考がついていかない。嘘の告白をして他人をからかうような男でないとわかっていても、にわかにはその言葉が信用できないのだ。

「返事は急ぎませんから、考えておいてください」

織田はそれだけ言い、また仕事に戻った。保留にしてもらえたことにホッとしたが、すぐに安堵できない状況だと気づく。答えを出す時間ができたということは、それだけ悩む時間も増えたということだ。あれこれ考える時間ができてしまい、市ヶ谷はますます追いつめられていく。

（織田君が……僕を……）

どうして嫌な気分にならないのか、不思議だった。それどころか、胸の奥に生まれた小さな炎は、ずっと忘れていたある感情に似ていた。

「あ、あの……先生。だ、だ……だ、男色について、どう思われますか？」

上ずった声でそう聞いたのは、返事を保留にしてもらって二週間が過ぎてからだった。織田は客のところに出かけていて、今は不在だ。

口煩い執事のような補助者がいないのをいいことに、市ヶ谷と仲のいい司法書士の爺様先生たちが集まってテレビで歌舞伎を楽しんでいる。本当に男なのだろうかというほど美しい女形《おやま》の歌舞伎役者が、ステージの上で妖艶《ようえん》で物悲しい姿で舞っていた。

「男色とは、また懐かしいことを言うもんじゃ」

「男も女も色気のあるもんはそそるからのう。ほら見てみんしゃい。蝶十郎《ちょうじゅうろう》はんの色香はたまらんっちゃ」

「よっ、有田屋《ありたや》っ！」

事務所は、すっかり『老人憩いの家』だ。テレビに向かって盛り上がっている先生らは、まるでここで暇をつぶすのが当然の権利のようにくつろいでいる。しかも、今日は織田が買ってきた老舗和菓子店の八つ橋があったため、普段よりもずっと長居している。

「しかし、なんでまた急に男色の話なんかするんじゃ～？」

「いえ、たとえばの話なんですけど」

先生たちは市ヶ谷が用意した茶に手を伸ばし、ずずず……、と啜り始めた。

「昔は盛んじゃったからなぁ。わしにもおったぞい」

「畑中《はたなか》先生もか？　わしも若い頃は無茶したもんじゃ～。あの頃はよかったの～。今はほれ、この通りすっかりしなびてもーて、そんな元気もなかけど」

ひゃははは……、と高笑いする声が事務所に響いた。

「お前さんの可愛いのは、どんなじゃった？」

「わしのはなぁ、目がくりくりっとした色白の美少年じゃったぞい」

「うちんとこも可愛かったぞ。小さい尻がきゅっと締まって足も長かったからの～。みんなに羨ましがられたもんじゃ」

「可愛いのを連れとると、自慢やったもんなぁ」

大昔の話だからか、隠すどころか、男色が当たり前のような口ぶりで盛り上がる。いかに自分が後輩にモテたのかという自慢や、可愛かった後輩の話、友人が起こした駆け落ち事件など、市ヶ谷が目を白黒させるような話が次々と飛び出してくるのだ。

さりげなく男同士の恋愛はやっぱり変だろうかと相談するつもりだったのに、すっかりそっちのけにされ、昔懐かし禁断の恋の話で盛り上がる爺様先生たちにたじたじだ。

「あ、あの……」

「蝶十郎はんなら、わしは今もいけるぞ」

「あの妖艶さは普通じゃなか」

「歌舞伎役者もええが、わしはやっぱり若い頃の思い出を大事にしたいの〜。男はあれで最後と決めたからのう。ほんに可愛い奴じゃった」

聞く相手を間違ってしまったと反省し、これ以上聞いても参考にはならないだろうと断念する。やはり、自分で解決すべき問題だ。

「それより市ヶ谷先生。顔色が悪いぞい」

茶を啜っていた布袋尊の福山は、市ヶ谷の顔を覗き込みながら、すでに四つ目になる八つ橋を口に放り込んだ。ふくよかな体型から想像できる通り、甘い物が大好きで市ヶ谷のところでも遠慮なくよく食べるのだが、そのぶん美味しい物を土産《みやげ》に持ってきてくれることも多い。

「え、そうですか？」

「悩みでもあるんかの～？　それならわしらに相談したらええ。こんな爺《じじい》でも役に立つかもしれんぞ」

「そうじゃそうじゃ。みんなで解決できるかもしれんでの～」

今まさに相談しようと思っていたのだが……、と笑い、市ヶ谷は応接セットのテーブルに置いていた大きな急須を持って立ち上がった。その気持ちだけで十分だ。

「いや、悩みなんてないです。ちょっと夏バテですかね。あ、お茶もう少し欲しいでしょう？　今お淹れしますから」

市ヶ谷は給湯室に入ってやかんを火にかけ、茶の葉を取り換えて急須を洗い始めた。大きなあくびが出てしまい、疲れがたまっていることを自覚する。

実はこのところ、ずっと眠れないのだ。ベッドに入ると織田のことを考えてしまい、なかなか寝つけない。何度も寝返りを打つ時間が長いこと続く。ようやく眠りについたと思っても、眠りが浅いらしく、ちょっとした物音に再び目を覚ましたりする。平和な性格をしているからか、昔から一度悩みを抱えると体調を崩したり眠れなくなったりすることは多かった。

ここ数年は仕事もプライベートも安定していたため、この感覚は久し振りだ。

（もう、二週間も保留にしてるからなぁ）

さすがにそろそろ返事の催促をされる頃だろうと思うと、再び考え込む。自分はいったいどうしたいのだろうと思うが、よくわからない。

しばらくぼんやりしていた市ヶ谷だったが、やかんの蓋《ふた》がカチカチと忙しく震えながら口の先から激しく湯気を噴き出しているのに気づいて慌ててガスを止めた。

「あちち……っ」

熱くなったやかんの取っ手を触ってしまい、布巾でそこを包んで急須に湯を注ごうとする。しかし今度は、グラグラとたぎった湯がその口から勢いよく噴き出すではないか。

「ああっ、しまった」

市ヶ谷は、慌ててダスターで拭き上げた。たったこれだけのことも満足にできないのかと落ち込みながら、再び湯を注いだ。

茶を淹れる温度にしては高すぎることに気づいたが、後の祭りだ。

（お茶って結構難しいんだよなぁ）

なんとか人数分を用意し、盆に載せて事務所に運んだ。その時、タイミングよく織田が戻ってくる。

「ただ今戻りました」

「――っ」

優秀な織田が予定より早く帰ってくることはよくあるのに、心の準備ができていなかった市ヶ谷は盆を落としそうになるほど驚いた。自分でもそんなに驚かなくてもいいではないかと思うほどあからさまに反応してしまったことに、罪の意識を覚える。

「何されてるんです、先生」

「いや……その、お茶を……」

「お～、口煩いのが戻ったぞい」

「もうちょっとゆっくりしてくればよかったんじゃ」

テレビで歌舞伎の舞台をやっているのに気づいた織田は、それを冷ややかな目で見てから集まった人生の大先輩に向かって慇懃な態度で言う。

「いつも入り浸っていただいて光栄です」

能面のような顔で言おうとも、爺様先生たちに効果はない。だからなのか、普段はあまり口煩くしない織田は、今日ばかりはテレビのリモコンを手にして容赦なく電源を切ってしまった。途端にブーイングが上がるが、そんなことを言われる筋合いはないとばかりの涼しい顔をしている。

「男の踊りを見て楽しいですか？」

「お前さんみたいな赤ん坊には、このよさはわからん」

「男が女の格好をしてくねくねしてるだけじゃないですか」

「何がくねくねじゃ。やっぱり赤ん坊に日本人の心は理解できんごたぁの～」

「そうじゃそうじゃ～」

さすがに歳の功というべきか、織田がどんなに冷たい言い方をしても笑っている。織田は口が悪いが、本気で言っていないとちゃんとわかっているのだ。

自分よりいくつも年下の男に冷たく注意されても、笑い飛ばす陽気な老人たちを見て、今日ほど仕事の邪魔をしに来てくれてよかったと思ったことはなかった。

織田を意識しすぎていたが、少しだけリラックスできる。

「遊んでばかりいないで、老後の生活費のために働いて貯金したらどうですか、先生方」

「こんな爺になったら、金なんか使わんのじゃよ。貯まる一方じゃ」

「それは羨ましいことで」

「あんたはこれからたぁ～んと働いて貯めとかにゃいかんぞ」

「がんばりますよ」

そのやりとりを見ていると、微笑《ほほえ》ましくて笑った。しかし、盆を片づけようと給湯室に向かおうとした時、突然目眩《めまい》がして足元がふらつく。

「先生……？」

織田の声が、なぜか遠くで聞こえた気がした。なんとか倒れずに足を踏ん張ったつもりだったが、平衡感覚がなくなって自分が立っているのかすらわからなくなった。

「……っ」

「市ヶ谷先生！」

織田に抱き止められ、そのまま床にゆっくりと座らされた。織田のスーツの香りに包まれて羞恥《しゅうち》を覚えた市ヶ谷は、立ち上がろうとする。

「ごめん。本当に大丈夫だから」

言いながらも目眩は収まらず、自分がどんな状態で織田の腕の中にいるのかすらよくわからなかった。

「あー、やっぱり無理しとったんじゃなぁ」

「せやから気ぃつけいっちゅーたのに」

口々に言うのが聞こえ、「すみません」と小さく言う。

「先生がこういう状態なので、今日のところは……」

「大丈夫か？　うちの事務所の女の子を呼ぼうか？　おなごの方が看病は上手じゃろう」

「いえ。先生が体調を崩されてるのは、俺のせいですから。俺が自宅まで送ります」

「そうか？　それならちゃんと看病してやるんじゃぞ」

織田と二人きりになるのかと思ったが、どうしたらいいのだろうという気持ちはあれど嫌だという感情はない。自分を抱き止める織田のスーツの香りにその存在を強く感じながら、市ヶ谷は観念しておとなしく看病されることにした。

「気分はどうです？」

声をかけられ、うつらうつらとしていた市ヶ谷は、ゆっくりと目を開けた。

あれから五時間くらいが経つだろうか。自宅まで送ってもらい、とりあえずスーツの上着だけ脱いでベッドに横になった。軽く二時間ほど睡眠を取ったが、それからは熟睡することはなく、夢と現実の狭間《はざま》を行き来している。

スーツの上着を脱ぎ、ワイシャツの袖をまくった織田を見て、かいがいしく自分の世話をしてくれたことに感謝する。だがやはり、場所が場所だけに緊張してしまう。

「何もしませんよ」

「あ……」

「嫌がることはしませんから、安心して寝てください」

冷静な口調で言われてしまい、警戒してしまったことを申し訳なくなった。反射的とはいえ、びくびくしているのは失礼だ。織田がそんな男じゃないことはわかっているのに、どうしても身構えずにはいられないのだ。

しかし、単に何かされることを恐れているのではない。

それだけは、なんとなくわかった。

「俺のせいで、すみません」

「ただの夏バテだよ。ちょっと食欲も落ちてたし」

「先生を悩ませているのは、俺でしょう。よくそんな見え見えの嘘がつけるもんですね。子供じゃないんだから、騙されるわけがないでしょう。まぁ、正直者の先生だから好きになったんですけどね」

褒められているのか非難されているのかよくわからず、「ごめん」と小さく言った。それ以外には、何も言葉が浮かばない。

すると、織田は軽く溜め息をついて、静かに言う。

「あなたのような人に告白するんじゃなかった」

どういう意味かわからず、もしかしたらあの告白は取り消したいのかと考えた。何せ相手は四十一の冴えない中年だ。特別容姿が優れているわけでもなく、告白されること自体不思議に思っていたのだ。

あの時は、キスをして告白までしてしまったが、よくよく考えると、好きだと言ったのは気の迷いだったと気づいたのかもしれない。好きだと思っていたのは、勘違いだったと……。

そう思い、悲しくなった市ヶ谷は、胸の奥が締めつけられるような苦しさを味わいながらなんでもないふりをして無理に笑顔を作る。

「あ、うん。わかるよ。勘違いをすることは、誰だってあるし……」

「先生?」

「僕も、君みたいな人と釣り合うとは思ってない。身の程はわきまえてるっていうか、ちゃんとわかってるから」

「先生。そういう意味では」

「うん、大丈夫。わかってるよ。わかってるから、本当に大丈夫」

なぜ、畳みかけるように言うのかわからなかった。ただ、話しているうちに胸が締めつけられる感覚は強くなっていき、息苦しさすら感じ始めていたのだ。

頭ではわかっているのに、感情が上手くコントロールできずに一人でしゃべってしまう。

「ほら、歳だってすごく離れてるし、僕だって本気にはしてなかったから。きっと勘違いをしてるだけだと思ってたし、予想通りというか。だから、君は全然気にしなくても……」

「――先生」

遮られ、ようやく止まった。

織田は寂しそうな顔をして笑っている。

「そういう意味じゃありませんよ」

「え……」

「先生を好きになった気持ちは、勘違いなんかじゃありません。好きなのは間違いなんかではないんです」

少し寂しさを孕《はら》んだ優しげな眼差しは、今の言葉が嘘ではないと物語っている。言葉にされるよりも、はっきりと伝わってくるのだ。自分を顧みるほどに間違いだと強く思わされる男なのに、嘘でも勘違いでもないとわかる。

何度『そんなはずはない』と否定しても、織田の視線からは市ヶ谷に対する明らかな愛情を感じる。それほど好意を寄せてくれるのかと思うくらい、はっきりとした感情がそこにはあった。

「ただ、俺なんかに告白されたから、先生は悩みを抱えることになってしまった上に体調まで崩すことになったんです。だから、事務所を辞めようと思います」

「……っ！」

「ずっと、先生が俺のことで悩んでいるのを見てましたから、そうすべきだと思いました」

突然辞めると言われて、市ヶ谷は頭が真っ白になった。このまま辞めてしまったら、きっと二度と自分の前には姿を現さないだろう。

しつこくつきまとうようなタイプではないし、それどころか相手のためを思い、たとえ偶然でも顔を合わせたりしないよう配慮するに違いない。ここで織田の言葉に頷いたら、きっと二度と会えない――。

「俺は、のんびりして平和な性格をした先生が好きなんです。争い事とは無縁で、側にいると心が安らぎます。だから、俺のせいで先生の平和な日常が崩れるんだったら……」

「そ、そこまでしなくていいと思うんだ。君が辞めることは……っ」

市ヶ谷は、思わず身を起こして訴えた。

どうしてこんなことを言うのか、自分でもわからない。

織田の言う通り、これまでのような日常を取り戻すには、織田が事務所を辞めることが一番早い気がする。確かに織田は優秀だが、補助者は他に探せばなんとかなるし、自分を狙っている若い男をわざわざ雇う必要はない。

せっかく辞めると言っているのだから、そうしてもらうべきだ。それで、元通りになる。

しかし、そこまで考えて、そうでないことに気づいた。

織田が辞めても、きっと元通りになんかならない。以前の状態に戻すことは可能でも、市ヶ谷の心を白紙にすることはできないのだから。

「だから、君が……辞めるなんて……」

「先生」

「だから、君は……その……、……っ、あの……なんて、言ったら……」

何か伝えようとするが上手く言葉にならず、とうとう黙りこくってしまう。

織田はそんな市ヶ谷をしばらく眺めていたが、言葉に詰まって何も言えなくなった市ヶ谷を見下ろし、静かに言った。

「どうしてそんなふうに引き留めてくれるんですか？」

「！」

その言葉に、自分でも薄々気づいている気持ちを痛感させられる。

「いや、だから……、……っ」

本音がばれてしまったと思うと、どうしていいのかわからなくなった。

引き下がろうと決心した相手を前に、どうしてこんなことを言うのだろうと思う。寝た子を起こすようなことをしてまで織田を自分のものにしたいのかと、年甲斐もなく若い男に入れ上げている自分が恥ずかしくてならなかった。

「じゃあ、俺がこのまま先生の下で働くのは迷惑ですか？」

「迷惑だなんて……」

目が合い、先ほどとは違う視線を注がれていることに気づいた。嬉しそうに口許《くちもと》を緩める織田はドキリとするような男前で、こんな視線を注がれて何も感じない人間がいるだろうかとすら思う。

「そんなこと言っていいんですか？　俺は先生が好きなんです。あなたのことをいやらしい目で見てる男ですよ？　俺が、あなたにどんなことをしたいか、知ってますか？」

そんなふうにあからさまな言い方をしないでくれ……、と思うが、はっきりしない相手には、これくらいは言った方がいいのかもしれない。

なかなか返事をしない市ヶ谷を、織田はさらに追いつめていく。

「先生、どうなんですか?」

「どうって……」

「隙あらばいかがわしいことをしたいと思ってる男を引き留める理由って、そうないと思うんですけど。俺の自惚《うぬぼ》れですかね?」

「それは……その……」

「もしかして、俺のことを前向きに考えてくれてるんですか?」

答えなかったが、市ヶ谷の気持ちはすでに固まっていた。前向きどころの話ではない。本音のところでは、既に織田を受け入れてしまっている。

けれども、その思いは言葉にならなかった。簡単に口にできるような性格なら、ここまで悩んだりはしないだろう。しかも、自分の方が十も歳上で男同士とくれば、市ヶ谷の口が素直な気持ちを吐露できないのも当然だ。

返事に困っている市ヶ谷を見て察したのか、織田は熱い眼差しを向けてきて囁《ささや》いた。

「先生。もう我慢できません」

「お、織田君……」

「ずっと、頭の中で、あなたを犯してた」

「……っ」

頬に手を添えられ、上を向かされる。高貴な王子にでも求愛されているようだった。しかも、白馬に乗った王子ではなく、艶《つや》やかな青毛の馬に跨《また が》る暗黒の王子だ。

その瞳《ひとみ》の奥にどんなものが隠されていようとも、差し出された手を取らずにはいられなかった。誘われるのが、おとぎ話の中に出てくるような舞踏会の会場ではなく、仮面の下に欲望を隠した大人たちの社交場でもついていくだろう。

「先生のスーツを脱がせて、ネクタイをほどいて、ワイシャツをはぎ取る妄想をしてました」

「や、やめてくれ」

「先生は、ベッドでは淫乱《いんらん》でしたよ。現実は、どうなんですか?」

「待……っ」

押し倒されても、市ヶ谷は抵抗らしい抵抗はできなかった。力のせいではない。押さえきれぬ欲望を孕んだ熱い視線を注がれていると、織田に逆らってはいけないような気がしてくるのだ。無条件にひれ伏さずにはいられない何かを、織田は持っている。

「先生。好きです」

手を胸板の上に軽く置かれただけで、心臓が口から飛び出すのではないかと思うほど高鳴った。苦しいくらいだ。耳元に織田の息がかかっただけで、肌がぞくぞくしてくる。

「試してみますか？」

「な、何……を……」

「俺とのセックスですよ」

この男には、羞恥という感情がないのだろうかと思った。どうしてそうはっきりと『セックス』なんてことが言えるのかと思った。女性との経験はそれなりにあるが、織田のようにダイレクトな言い方をしたことなどない。

「……でも、……幻滅、するかも……っ」

口をついて出た言葉に、ようやく自分の気持ちがはっきりと見えた。

そうだ。

市ヶ谷がこの行為に素直に応じられないでいるのは、何も同性の織田を受け入れられないからではない。気持ち悪いと思うどころか、世間体さえも気にならなかった。

ただ、自信がないのだ。織田のようにスタイルがいいわけでもなく、痩《や》せているだけの貧弱な自分が釣り合うとは思えなかった。それは、嫌われたくないという気持ちでもある。

せっかく好きでいてくれるのに、幻滅させたくないという思いの表れ——。

すると、織田は市ヶ谷の気持ちを察したように笑う。

「幻滅なんて……するはずが、ありません」

「でも……」

「首筋なんて……ほら、こんなに滑らかな肌をしてる」

「——ぁあ……っ」

言いながら唇を這わせる織田に、なんてことをするんだと思った。唇で首筋を軽くなぞられただけで、下半身は熱に包まれてしまう。

「ぁあ、あ……、……はぁ……っ」

自分の中心が下着の中で窮屈がっていることを悟られたくなくて身を捩《よじ》ったが、逆効果だった。市ヶ谷がなぜそんなふうにしてみせるのか、織田はすぐに察した。

「あっ」

スラックスの上から触れられ、思わず声が漏れる。

「大丈夫です。俺もですから」

屹立《きつりつ》を押しつけられた市ヶ谷は、紛れもなく男である織田のそれに嫌悪を抱くどころか、甘い期待のような気持ちを抱かずにはいられなかった。


市ヶ谷は、これ以上ないというくらい熟れていた。

熱が躰の中から次々と湧き上がってきて、溶けてしまいそうだ。与えられる快楽を拒むことができず、貪欲《どんよく》に貪《むさぼ》ろうとしてしまうのをどうすることもできない。

「……っ、……ぁ……っ、……っく、……んっ」

市ヶ谷はベッドに仰向《あおむ》けになった状態で前をくつろげられ、下着をずらされて中心を口で愛されていた。声を出すまいと指をきつく噛《か》んでいるが、織田の愛撫《あいぶ》を前に堪《こら》えきれずにどうしても漏れてしまう。

こういうことに慣れているのかと、一瞬嫉妬《しっと》のような感情を抱いてしまうが、すぐにそんなことを考える余裕もなくなった。

自分を愛する男の前に、目に涙を浮かべながら身を差し出すことしかできない。

「も……、いい、よ……、そんな……こと、……しな、くて……っ」

「俺が……、したいんです」

「ぁあ……っ」

くびれを舌先でくすぐられ、軽い電流が走ったようになった市ヶ谷はびくっと躰を震わせた。先走りが次々と溢《あふ》れているのがわかり、羞恥はいっそう大きくなっていく。自分だけが一方的に奉仕され、昂《たか》ぶっているなんていけないと思うが、同時にこの快楽をもっと欲しいなんて欲望を抱いているのも事実だった。

巧みに舌を使い、いとも簡単に市ヶ谷を昂ぶらせる年下の男が憎らしい。

「このまま待っていてください」

織田はそう言い残してベッドを降りると、先ほど体温計を探そうと出しておいた救急箱を漁《あさ》り、中から軟膏《なんこう》のチューブを出した。それを指に取る姿を見て、何をしようとしているのかすぐに察する。

同性とのセックスの経験はなくても、それがわからないほど初心《うぶ》ではない。

「お、織田くん……」

「大丈夫です。痛がることはしませんから」

言いながら再び市ヶ谷の上にのしかかってきた織田に、耳朶《じだ》を軽く噛まれ、さらには下着ごとスラックスを膝まで引きずり下ろされた。軟膏を塗った指で蕾《つぼみ》を探られると逃げ腰になってしまうが、ずり上がって逃げようとする市ヶ谷を織田は優しく制する。

「ああ……っ」

襞《ひだ》をかき分けるように指先をねじ込まれた市ヶ谷は、思わずシーツをきつく摑んだ。滑りはよくなっているが、もともと受け入れるようにはできていないのだ。

苦痛に眉をひそめる。

「言ったでしょう？　先生が嫌がることは、しません。だから、そんなに緊張しないでください」

「ぁあ、……っく！」

「本気で嫌がる時は、やめますから」

織田に言われた言葉に、自分が本気で拒んでいないことを悟らされた。苦しいが、相手が織田だと思うと、男同士のセックスに対する嫌悪感は湧かない。

いや、もしかしたら、自覚している以上にこの行為を欲しているのかもしれなかった。

「声、殺さなくていいんですよ」

「あ！」

「先生の声を、聞かせてください」

そう言われたかと思うと、さらに奥へと指を挿入される。押し広げられ、いっそうの苦痛に見舞われるが、同時に甘い疼《うず》きがあるのも間違いない。

それは次第に姿を大きくしていき、痛みに取って替わった。

「はぁ……っ！　……っく、……くぅ……っ、ん、……んぁ」

声が、次第に甘ったるくなっていく。甘えるように、せがむように、唇の間から次々と漏れてしまうのだ。

「どうです？　まだ、苦しいですか？」

「っく、……ふ、……んんっ」

苦しい、とは言えなかった。苦しいのなら、どうしてこんなに声を漏らしているのかと問われれば、答えようがない。そんなことは、恥ずかしくて言えない。

だが、織田にはお見通しのようで、嬉しそうに目を細める。

「思った以上です」

「お、織田……く……」

「先生、もっと、見せてください」

「ん……、……んぅ、……っく、ぁあっ、あ、んぁぁあ……」

軟膏を塗った指が、市ヶ谷を狂わせていく。これ以上声を押し殺すことなどできず、促されるまま唇を震わせながら、次第に夢中になっていった。

指がどんなふうに自分を嬲《なぶ》るのか、目を閉じて味わわずにはいられない。

「んぁ、あ、……んぁ」

「段々、よくなってきましたか?」

「ぁ、あ、……はぁ……っ、……っく」

「もう、痛くないでしょう?」

織田の言う通りだ。

自分でも信じられないほど後ろはほぐれ、中心はギリギリまで張りつめて今にも射精してしまいそうだった。これほど疼いたことはない。

もう、すっかり枯れてしまったのかと思っていた。

女性は嫌いではないが、ここ数年、誰かとセックスをしたいと強く思ったことはない。それどころか、平和な時間を望んでばかりだった。

まさに、隠居した老人のように、ゆっくりと過ぎていく時間を求めていた。

それなのに――。

市ヶ谷は、自分のどこにこれほど浅ましい獣が隠れていたのかと驚きを隠せなかった。出し入れされる指に吸いつくように、蕾は柔らかくほぐれ、収縮している。もっと欲しいといってしゃぶっているようだ。

「はぁ……っ」

「指、増やします。少し、苦しいですよ?」

「あ!」

さらに拡げられるが、苦痛は思ったほどなかった。内側からの圧迫感に息が詰まってしまうが、それすらも快楽の手助けをするだけで、いっそう淫《みだ》らな一面をさらけ出してしまう。

「先生、きれいです。すごく……きれいですよ」

見下ろされながら言われ、なんてことを言うのだと耳まで赤くなった。

きれいなはずがない。十も年下の男に、そんなふうに思われるような見てくれではない。

頭の中で何度も否定するうちに、無意識に頭を振っていたらしく、織田は困ったような声をあげた。

「信じてください。本当にそう思ってるんですよ、ほら」

スラックスの上から握らされた屹立は雄々しくて、顔から火が出そうなほど恥ずかしく、同時に嬉しく思った。自分に対して、織田がそんなふうに欲望を露《あら》わにしてくれるのは、本当に好意を持ってくれているのだと思えるからだ。

信じていないわけではないが、とても織田と自分が釣り合うとは思えない市ヶ谷にとって、躰の反応で示されることは喜びでしかなかった。

「本当は、顔を見ながらの方が安心でしょうけど、後ろからの方が先生が楽なんで」

躰を反転させられ、ベッドに俯《うつぶ》せにさせられたかと思うと、さらに丹念に後ろを探られる。そうやって熱を与えられ、市ヶ谷はシーツに顔を埋《うず》めながら深く溺《おぼ》れていった。

「っく、……ふ……っく、……ぅ……っく、……ぁ……っ！」

「優しくします」

織田が、自分のスラックスをくつろげている音が聞こえた。じっと待っているのが恥ずかしいが、身動きせず息を殺していることしかできない。

「息を吐いてくださいね」

耳朶を軽く噛まれながら囁かれたかと思うと、熱の塊が押し入ってくる。

「……っく、……く！　ぁあっ！」

シーツを強く握り締めずにはいられなかった。指とは比べ物にならない太さに悲鳴にも似た声をあげてしまう。

絶対に無理だ、入らない、と強く思うが、織田は容赦なく腰を前に進める。

「先生。力、抜いて、ください。……先生」

織田も辛いらしく、声に表われていた。それでも繋がろうとするのは、ただ肉体的な快楽が欲しいからではないと信じられる。

先生、と呼びかけてくる織田の声に、愛情を感じた。他の誰でもない、自分を求めているのだと、思いつめたように呼びかけてくる声に言葉以上に感じるものがあった。

そんな織田を受け入れたいのに、力を抜くことができない。

それがわかったのか、逃げる市ヶ谷の腰を鷲掴《わしづか》みにした織田は、半ば無理やり腰を進めてくる。

「ぁあ、あ、あ、……ぁあっ、——ぁぁあああ……っ！」

一気に貫かれ、市ヶ谷は掠《かす》れた悲鳴をあげた。

信じられなかった。

織田と繋がっていることが、信じられなかった。後ろに男を咥《くわ》え込んでいるなんて、恥ずかしくてならない。生まれて初めて受け入れる男は雄々しく、灼熱の塊のようなそれが自分の中にいるのがはっきりとわかる。

隆々としたものは時折ズクリと脈打ち、市ヶ谷を内側から苛《さいな》んだ。

「あ、……はぁ、……ぁ……、織田、く……、……はぁ……っ、……織田、くん……っ」

息をするのがやっとで、泣きそうな声で助けを求める。

「先生、大丈夫ですか?」

そう聞かれ、市ヶ谷は声を出すまいと唇をきつく噛みながら頭を振った。

大丈夫なんかじゃない。もう、死にそうだ。

しかし、織田はこの行為をやめようとはしない。

「まだ、これからなんです。これから、気持ちよく、してあげます」

「待……っ、……あぁ、……あっ」

ずるりと引き抜かれたかと思うと、再び根元まで収められ、さらにもう一度深々と貫かれた。軟膏を足され、さらにゆっくりと出し入れされる。

市ヶ谷の躰を気遣ってなのか、それとも欲望を煽《あお》るためなのか、じれったくすら感じる動きに次第に浅ましい獣が目を開き始める。

「んぁ、あ、……つく、……んぁ、あっ、……く、……ぁあっ!」

市ヶ谷の蕾は織田の形を覚えていき、欲深く吸いつくように収縮した。中から出ていこうとするとそれを許さないとばかりにきつく締まり、挿入されると欲しかったのだというようにいとも簡単に呑み込んでしまう。

頭の中はグチャグチャで、自分がどんな状態になっているのかすらわからない。

「んぁあ、あ、んぁあっ」

ゆっくりと、だが、一定のリズムで市ヶ谷を揺らす織田の動きに促されるように声が漏れる。耳を塞《ふさ》ぎたくなるような嬌声をあげて悦《よろこ》んでいるのが、信じられない。

けれども、躰は確実に織田の味を覚えていき、もっと知りたいと貪欲になっていくのがわかった。

そこにあるのは、間違いなく快感だ。

織田を咥え込んだ部分は、まるで女の性器のように柔らかくほぐれている。離したくないと、もっと自分をかき回してくれとねだっている。

「んぁ、あ、……っく、んっ、……ぁああっ」

助けて。

誰にともなく、そんな言葉を頭の中で繰り返していた。

助けて欲しい。どうか自分をこの凄絶《せいぜつ》な快楽から解放して欲しいと願わずにはいられなかった。同時に、もっと欲しいという欲望も確かに存在している。

それは、躰を揺らされるたびに大きくなっていき、もっと深く、激しく自分を貫いて目茶苦茶にして欲しいという被虐的な欲求に姿を変えていく。

「もう、大丈夫ですね」

耳元で囁かれたかと思うと、繋がったままそろそろと体位を変えられる。前後に揺さぶられる感覚には慣れたが、ねじれるように横に擦られると、これまでとは別の感覚に襲われてひくひくっと反応してしまった。

それを見た織田は、小さく「すみません」と言い、最後は半ば無理やり体勢を変えた。お互い向き合った状態になると、深い場所を優しく突き上げてくる。

「ぁ……っく」

「先生、すごく、可愛いです。色っぽいですよ」

すぐ近くから見下ろされ、あまりの恥ずかしさに顔を背けた。

「見な……」

「それは聞けません」

じっと見つめてくる視線が耐え難く、手で顔を隠そうとしたが、織田に手首を掴まれて制される。織田の表情は、うっとりするほど男らしい色香を滴らせており、それだけに見られることに羞恥を覚えずにはいられなかった。

嫌だ嫌だと心の中で何度も繰り返すが、市ヶ谷の訴えなど聞いてはくれない。

「先生が、本当に、嫌がることはしないって……言ったでしょう?」

「……っ!」

涙を浮かべて織田を見上げると、熱い視線を注がれているのに気づいた。

「んっ」

唇を重ねられて目を閉じ、濃厚な口づけに我を失う。

きつく舌を吸われて逃げようとした市ヶ谷は下唇を甘嚙みされ、微かな痛みにビクッとなった。そして、いったん唇を解放される。

「先生」

うっすらと目を開けた市ヶ谷の目に映ったのは、滴るような男の色香を纏う獣の熱い眼差しだった。なんて美しい獣だろうと思う。

自分を喰らう相手に見惚れるあまり、続きを乞《こ》うような視線を返していたことに市ヶ谷は気づいていなかった。見つめ合い、吸い寄せられるように唇と唇を重ねると、また口内を舌で嬲られる。

「ん……ふ、……ぅん、——んんっ！」

膝を肩に担がれて小さく折り畳まれ、さらに奥を優しく突かれた。尻が浮き上がった状態で存分に奥を突き上げられて、頭の中は真っ白になる。

「ぅん、……ん！　ぅんっ、……ふ、……んんっ！　んぁ！　あっ！」

「先生」

「んぁ、あ、……はぁ……っ」

「俺の、腰の動きに合わせて、先生が啼《な》いてるのが、興奮、します……っ」

とんでもないことを囁かれて、耳を塞ぎたくなった。けれども同時に、この若い牡《おす》が十も年上の自分に対してそんなふうに感じてくれることに、優越感とは違う悦びを感じる。

素直にこの行為に溺れていいのだと、自然と思えてくるのだ。

「織田くん、……織田くん……っ、……んぁ、……織田、くん」

熱に浮かされたように、市ヶ谷はただそれだけを繰り返していた。恥も外聞もなく、ただ突き上げられるまま貪欲に織田を味わう。

「きれいですよ。……本当に、きれいです」

熱っぽい目で見られながら何度も囁かれ、さらにこの行為に酔いしれた。次第にその動きは激しくなっていき、堪えきれなくなる。

「んぁ、はぁっ、……織田くん……っ、……も……、……もう……っ」

市ヶ谷は、涙を溢れさせながら懇願した。イきたいとはさすがに言えなかった。意地悪な織田のことだ。きちんと言葉にしなければイかせてくれないかもしれないと思ったが、織田も限界のようで、市ヶ谷のこめかみに唇を押し当てながら熱い言葉を注ぐ。

「俺もですよ、先生」

そう言ったきり、無言になった織田はリズミカルに市ヶ谷を突き上げた。激しい行為にベッドが揺れ、目眩を覚えながらも、身を差し出して高みに向かう。

「う……っく、……はぁ……、あっ！　——ぁああ……っ！」

市ヶ谷が下腹部を痙攣《けいれん》させながら白濁を放つと、すぐさま中で織田も爆《は》ぜた。中を濡らされる感覚——。

好きな相手なら、男であることすら忘れられる気がした。

「――はぁ……っ、……はぁ、……っ」

織田がゆっくりと体重をあずけてきて、市ヶ谷は無意識に髪の毛を指で梳《す》きながら頭を優しく抱いた。ほんの今まで自分を喰らっていた相手だが、こうしているとなぜか年下なのだと実感できた。

あれほど激しいセックスをする男が、可愛くすら思えてきて、腕にぎゅっと力を籠《こ》める。

「……先生」

セックスの余韻を二人で味わうのは、この上ない幸せだった。

# 4

男の恋人ができてしまった。

市ヶ谷は、自分が本当に織田のような男とつき合ってもいいのかなんて考えていた。見た目はもちろん、仕事の面でも優秀すぎて自分と釣り合うとは思えない。

子供の頃、身の丈を知れとよく両親に言われたものだが、今まさにその言葉が自分に必要だと感じる。本当にいいのだろうかと……。

仕事をするふりをしながら織田をチラリと見て、再び書類に視線を落とした。

急ぎの仕事はないが、いつまでも終わらないと織田に気づかれて叱られてしまうに違いなかった。わかっているが、集中できない。仕事をしている時の織田は特に男前で、ついつい盗み見してしまうのだ。恋愛体質どころか淡泊すぎてフラれることもあったのに、今は朝から晩まで織田のことで頭をいっぱいにしている。

こんな自分が恥ずかしくてならない。

（どうしたらいいんだろう）

悩ましい溜め息を漏らすと同時に、織田が声をかけてくる。

「先生」

「――っ！　な、なんだい？」

「そういえばこの前……」

書類を見せようとしたが、市ヶ谷が硬直しているのに気づいたようだ。途中で言うのをやめ、市ヶ谷のことをじっと見ながら近づいてくる。

ゴク、と喉が鳴った。きっと織田にも聞こえただろう。

そう思うと、逃げ出したくなった。

「何をそんなに緊張しまくっているんですか？」

「う……」

いつもの織田だった。

口が悪くて、ふてぶてしくて、それでいてどこか愛情を感じる言い方だ。心を許した相手にだけ見せる、織田の一面。きっとこんな織田を知る人間は少なく、自分がその中の一人だと思うと心が温かくなる。けれども、だからといって自分の心を見抜かれている恥ずかしさが減るわけでもなく、織田の視線に晒《さら》されながらどう言おうか言葉を探した。

「いや、べ、別に……」

別にと言っている声が、既に上ずっている。

どうしてこう感情が表に出やすいのだろうと、わかりやすい自分が嫌になってきた。織田の半分でもクールに対応できる能力があれば、年下の恋人の前でこんなふうにオタオタすることもないというのに。

「一日中ベッドでのことを反芻《はんすう》するつもりですか？　牛じゃないんだから……」

口の悪さは相変わらずだ。

返答に困っていると、さらに追い討ちをかけるようなことを言う。

「まぁ、悶々《もんもん》としている先生も愛らしいですけどね」

「！」

思わず顔を上げた市ヶ谷の目に飛び込んできたのは、ニヤリと笑う織田の顔だ。何か企んでいる。それを見て、以前、『自分には笑顔は似合わない』というようなことを、織田が口にしていたのを思い出した。それは性格がひん曲がっているからという理由で、素敵だと言っても信じてくれなかったのを覚えている。

しかし、市ヶ谷にはよく笑顔を見せるようになった。優しげなものや、今のように何か企んでいそうな意地悪な笑み。

笑顔を見られるのを嫌がっていたようなのに、市ヶ谷の前では自然でいてくれる。

それは、きっと喜ぶべきなのだ。

「またそうやって、年上をからかう。やめてくれよ」

恥ずかしさと嬉しさが同時に襲ってきて、どんな顔をしていいのかわからず視線を逸《そ》らした。しかし、織田が自分を見ているのが視界の隅にちゃんと映っている。頬がますます熱くなって、誰かに助けを求めたくなった市ヶ谷だが、その時タイミングよく事務所の電話が鳴った。

「はい。市ヶ谷司法書士事務所です」

助かったとばかりに手を伸ばし、受話器を取る。

しかしそれすらもお見通しのようで、織田は焦りながら電話に出る市ヶ谷を愉《たの》しそうな目で眺めていた。視線が躰に絡みつくようで、お願いだからもう許してくれと心の中で願わずにはいられない。

『市ヶ谷先生。こんにちは〜。わしです』

「あ、どうも。ご無沙汰《ぶさた》してました」

織田の視線をひしひしと感じながら、なんとか平静を装う。

電話の主は、不動産業者の田丸《たまる》という男だった。名は体を表すというが、その名前の通り小太りで丸っこい躰をしており、愛嬌がある。

田丸とは仕事を通じて長いつき合いが続いており、日頃から市ヶ谷のところによく仕事を回してくれるありがたい存在だ。不動産売買には必ず登記が必要になるため、不動産業者とは切っても切れない仲と言っていい。

『すんません、先生。急な仕事なんですけどね、明日売買契約を交わしたいっていうんで、お願いできんですか？』

人のよさそうな小太りの男が、電話の向こうで汗を拭きながら頭を下げている姿が容易に想像できる。

「明日ですか。ええ、大丈夫ですけど、えらく急ですね」

『そうなんですよ。築三年の分譲マンションなんですけどね』

織田が尻を叩いてくれていたため、突然の仕事が入ってもそう焦る必要はなかった。

「売主さんは……はい。花沢恵《はなざわけい》さん。あ、男性ですか。はい」

売主と買主の情報を簡単に電話で聞き、改めて詳細をファックスで送ってもらうことにする。こういう急な売買契約も、時々あることだった。

「じゃあ、取引は銀行の応接室で。……はい、午前十一時ですね。売主さんの方の不動産業者はどちらですか？　ああ、栄光《えいこう》不動産」

電話を切るのと同時に、ファックスに着信が入り受信を始めた。織田が先に立ち上がって受信したデータをプリントアウトしたが、すぐに持ってこずにじっと眺める。

織田の表情はなぜか険しく、ファックスの前に立ったまま送られてきた書類を凝視していた。

「……？　どうしたんだい？」

「あ、いえ。なんでもありません。どうぞ」

手渡される瞬間、目が合ったが、既にいつもの織田に戻っている。

(気のせいかな)

少し気にはなったが、明日の取引のための準備をしなければならず、それ以降は特におかしい様子もなかったため市ヶ谷はさっそくこの仕事に取りかかった。

登記簿や住民票を取り寄せ、売買されるマンションの現在の持ち主が売主と一致するのかを確認していく。

さすがに市ヶ谷も、その日は忙しく動き回った。帰る頃になると、どっと疲れがのしかかってきて、織田と一緒に近くのラーメン店で夕飯を済ませて自宅に戻る。

そして翌日は、中断していた仕事を片づけてから取引のある銀行に二人で向かった。

話は通していたため、銀行に着いて名前を言うとすぐに応接室に通される。

「あっ、市ヶ谷先生!」

不動産業者の田丸は既に来ており、二人を見るなり立ち上がって頭をペコペコ下げた。相変わらず、腰の低い男だ。買主は四十代くらいの夫婦で、赤ちゃんを連れていた。子供のために思いきって今の賃貸マンションを出ることにしたのだという。

田丸はさっそく、市ヶ谷たちを夫妻に紹介した。

「こちらが、今回登記でお世話になる市ヶ谷先生です。で、こちらは……」

「あ、そうか。田丸さんは初めて会うんですよね。今、補助者としてうちで働いている織田です」

「はじめまして。織田と申します」

「はじめまして、山田《やまだ》といいます。これは家内です。今日はどうかよろしくお願いします」

名刺を交換すると椅子《いす》に座り、売主と仲介した不動産業者が来るまでしばらく世間話をする。

「しかし今日も暑いですねぇ。先生、釣りの方はまだやってるんです？」

「ええ、相変わらずやってます」

「先生は釣りが好きでしてねぇ、事務所の裏の川でよく釣りをされるそうですよ」

「そうなんですか。今は何が釣れるんですか？」

「ハヤはよく釣れますよ。川魚は少し泥臭いですから、甘露煮にして食べると美味しいんです」

釣りの話から話題は弾み、しばらく世間話に花を咲かせた。

田丸は丸っこい躰を揺らしながら笑顔を見せていたが、約束の時間を五分過ぎるとそわそわし始める。腕時計で何度も時間を確認するのを見て、今のうちにできることだけでもやっておこうと山田夫妻に用意した書類を出してもらい、織田と一緒に確認を始める。

「もうそろそろ売主さんが来ると思うんですが。ちょっと電話して……」

立ち上がって携帯を取り出したのと同時に、ドアがノックされて行員が入ってきた。その後ろには、市ヶ谷も何度か会ったことのある栄光不動産の営業と、売主らしき男がいる。

「すみません。遅くなりまして」

「こんにちは。もう買主さんはお見えです。ささ、どうぞ」

栄光不動産の営業の男は慌てた様子で中に入ってきて、売主の花沢を中に促した。

「すみません。遅れたのはわたしのせいでね。本当に申し訳ない」

売主の花沢は、独特の雰囲気を持った人物だった。

切れ長の目は幅の狭い二重で、男なのに『すっきりとした和風美人』と表現したくなる。年齢は四十八歳と聞いているが、中年男性という代名詞がまったく似合わない。

単に若々しいのとは違う。男性でありながら、どこか妙な色気があるのだ。目許にはそれなりに年齢を重ねただけの皺も薄く刻まれているが、それが逆に色香のようなものを滲ませている。

もしかしたら、そう感じるのは花沢の仕種《しぐさ》のせいなのかもしれない。

立ち居振る舞いが、普通の人とは違うのだ。常に指先の動きにまで気を使っている印象がある。

また、開襟シャツとスラックスというシンプルな格好が、花沢の妖艶とも言える魅力を引き立てていた。

独身と聞き、生活感がないのに納得する。

「どうも。こちらが今回登記をお願いした市ヶ谷先生です。こちらが補助者の織田さん」

軽く会釈した花沢は、顔を上げるなり織田を見て小さく「あ」と声をあげた。

「……織田君?」

織田は何も言わず、軽く頭を下げただけだ。

「久し振りだね」

「あの……二人はお知り合いですか?」

「ええ。まさか織田君とこんな形で再会するとは思っていなかったよ。元気にしてた?」

「はい」

もともと愛想はよくないが、今日はいつも以上に無愛想だった。だが花沢の方は気にしていないようだ。慣れているふうに笑みを見せる。

どうやら、昨日今日のつき合いではないらしい。

「織田君には、何度もお世話になりました。突然事務所を辞められると聞いて、とても残念だったんですよ。優秀でしたから」

「もしかして、弁護士時代の……」

「ええ」

「えっ！　市ヶ谷先生の補助者の方は、弁護士さんなんですか！」

意外な経歴に、田丸が小さな目を丸くする。

「弁護士さんがまたどうして」

「……ああ、いろいろ事情があって。それより、書類の方を確認させていただきたいんですが。山田さんはお子さんを連れておられますし、あまり長居はしない方が」

「そうですね、すみません」

織田が弁護士時代のことをあまりよく思っていなかったことを知っている市ヶ谷は、興味深げに身を乗り出している田丸をさりげなく制して取引を開始するよう促した。悪気はないのだろうが、田丸は他人のプライベートに踏み込みすぎるところがある。世間話程度ならいいが、これまでの織田の態度を考えると、これ以上話を長引かせるべきではない。

「それでは、ご準備いただいた書類をお願いします」

「はい。こちらです。どうぞご確認ください」

花沢は権利書や印鑑証明などの書類を出して、テーブルの上に並べた。

書類が揃っていることを確認すると、それに記載されてある物件と今回売買契約を結ぶ物件がちゃんと一致しているか双方に確かめてもらい、売買の意志を確認する。そして、必要なところに売主と買主がそれぞれサインと捺印《なついん》をしていく。さらに、固定資産税の切り替えなど、必要なことについて細かい説明をしていった。

売買契約が成立すると、最後に田丸が電卓を叩いて買主である山田夫妻にそれを見せる。

「それでは、こちらが仲介手数料になります」

取引は、無事終了した。

昨日電話がかかってきてから、これまであっという間だった。普段はのんびりと過ごしている市ヶ谷にとっては、ハードな時間だった。帰ったら、織田を誘ってゆっくり食事でもしようなんて考える。

気持ちはすでに、織田と一緒に啜る極上の緑茶に向かっていた。

「それでは、我々はこれで……」

売主の花沢たちが部屋を出ていくと、田丸と少し話をしてから市ヶ谷たちも行員に挨拶《あいさつ》をして銀行を後にする。そして、外に出た市ヶ谷たちは、銀行の裏手にある駐車場に向かった。

清算機のところで、先に銀行を出た花沢がいるのに気づく。

軽く会釈をする市ヶ谷に、花沢も同じように頭を下げた。

「先ほどはどうも……」

「お二人も車ですか？」

「はい」

やはり花沢はどこか一般の人とは違う雰囲気を持っていて、太陽の下でこうして活動していることがなんだか不思議に思えた。儚《はかな》げというか、太陽の光を浴びているとその光の中に溶け込んでしまいそうだ。それでいて、どこか妖艶さも持ち合わせている。

しかも、向き合って話していると花沢からほんのりといい香りがした。白檀の香りだ。オード・トワレなどとは違う、控えめで、それでいて心惹《こころひ》かれる風流なたしなみ。

「よかったら、これから食事でもどうです？」

「えっ」

まさか食事に誘われるとは思っておらず、思わず妙な声をあげてしまった。

いや、この儚げな男が食事を取るのが意外だったのかもしれない。

「ここから少し行ったところに、気に入っている店があるんですよ。この辺りに来ることってあまりないので、昼食をそこでと思ってたんですけど。もしかして、もう済まされました？」

「いえ、これからなんです」

言ってからすぐに、ここは嘘でも食事は済ませたことにしておけばよかったと思った。

花沢は、織田が弁護士事務所で働いていた時の知り合いだ。織田の気持ちも確認せずに昔のことを思い出すような相手と食事に行くなんて、避けるべきだ。

しかし、織田が次に口にしたのは意外な言葉だ。

「喜んでご一緒しますよ」

こうして二人は、花沢と一緒に昼食を取ることになった。

連れていかれたのは、中華料理店だった。上品で、ひと目で高級な店だとわかる。店の中に入ると、広い個室に案内された。

ウエイターに「いらっしゃいませ」と声をかけられると、花沢は慣れた様子でメニューを受け取る。

「ここはいいシェフがいるんですけど、自宅からは遠いのでなかなか来る機会がなくてね。久々に来たかったんですけど、栄光不動産の方は用事があるそうで。どうぞ、なんでも頼んでください。ここはわたしが持ちますので」

「そんな……」

「いえ。こちらがお誘いしたんですから当然ですよ」

あまり断るのも逆に失礼な気がして、市ヶ谷は素直にごちそうになることにしてメニューを開いた。前菜から始まり、メイン料理は魚と肉で分かれており、スープ類やデザートまで、フランス料理店のような内容になっている。

(わ、すごそうだな)

市ヶ谷は上からメニューを見ていったが、どれを注文したらいいのかわからなかった。やたら名前が長く、写真がないため素材はわかってもどんな料理なのかイメージできない。

「すみません。こういうところってあまり来ないので、名前だけ見てもよくわからなくて」

素直な市ヶ谷の言葉に、花沢は笑顔を見せた。

「織田君、先生にお勧めしてあげたら？　先生のところで働いてるんだったら、好みもよくわかるだろうし、わたしが選ぶよりいいと思うよ」

「織田君は、ここには来たことはあるのかい？」

「ええ、まぁ。じゃあ、ランチのコースはどうです？」

「じゃあ、それで……」

三種類あるうち、織田は真ん中のコースを注文した。いかにも相手の懐具合を気にしているような一番安いコースは避け、なおかつ図々しくならないよう一番高いものは避ける。

大人な選択に感心していると、食前酒が運ばれてくる。

「じゃあ、乾杯しようか。お疲れ様、でいいのかな？」

「売買成立おめでとうございます」

堅苦しいことを言う織田に、花沢は目を細めて食前酒用の小さなグラスを軽く掲げてみせた。その仕種一つ取っても、どこか一般の人とは違う優雅さのようなものが感じられる。

「織田君との再会に乾杯。それから、市ヶ谷先生との出会いにも……」

普通の人が言うと仰々しく聞こえるが、花沢が口にすると自然に思えてくるから不思議だ。

しばらくすると、料理が運ばれてきた。中華といえば大皿の料理をみんなで分けて食べるイメージだったが、ここは違った。フランス料理のように一人ぶんずつ盛りつけられている。

料理は前菜に始まり、飲茶《ヤムチャ》が二種類と、スープ、メイン料理と続くのだが、新しい料理が運ばれてくるたびに市ヶ谷はその美しさに感動した。こんなに豪華な料理を奢《おご》ってもらっていいのだろうかと思ってしまう。

「それより、織田君の仕事ぶりはどうです？」

「優秀ですよ。仕事もすぐに覚えてしまって、僕なんかの下で働かせているのが申し訳ないくらいです」

「でも、残念だな。君みたいな優秀な弁護士さんがそれまでのキャリアを捨てて、畑違いのところで一からやり直すなんて」

その言葉に、織田は何も答えなかった。いつもの無愛想とは違う。やはり、触れられたくないことがあるのだろう。

食事の誘いを受けたのは織田の方だが、あの場面では断る方が不自然だと不可抗力で答えたのかもしれない——そんな気がしてならず、前の仕事で面識がある相手に対して、考えなしだったと反省する。

「花沢さん、ご職業は役者さんと聞きましたけど、具体的に何をしてらっしゃるんですか？」

市ヶ谷は、織田のためにさりげなく話題を変えた。

「歌舞伎役者でね。石川《いしかわ》蝶十郎という名前で舞台を」

「それはすごい。そういえば、僕の友人の先生たちはテレビでよく歌舞伎を観てます」

「ええ、わたしの舞台もときどき放送されてますよ」

「えっ。そんなにすごい人なんですかっ？　……あ、すみません。失礼なことを」

本人に「すごい人なんですか？」はないだろうと、身を小さくした。

しかし、花沢は気を悪くするどころか、目を細めている。

「自分で言うのもなんですけど、多分歌舞伎を好んでご覧になる方にわたしの名前を知らない人はいないんじゃないかな」

「そ、そうだったんですか」

市ヶ谷は、どう言っていいのかわからなかった。

本当はすごい人と一緒に食事をしているのかもしれない。そう思うと、緊張して味などわからなくなってきた。

「僕は狭い世界で生きてきたから、世間一般の常識やつき合い方をあまり知らなくてね。非常識なこともしてるんじゃないかな。こうして違うお仕事の方と話をする機会があまりないから、今日は強引に誘ってしまって」

「そんな、強引だなんて」

申し訳なさそうな顔をするのを見て、市ヶ谷は慌てて否定した。

確かに市ヶ谷も大人になってからのつき合いは、仕事関係の人とばかりになっている。学生時代に仲がよかった友人たちとも、連絡を取り合うのは年に一度あればいい方だ。転勤して疎遠になる者もいれば、結婚して家庭を優先するようになって連絡するのを遠慮してしまう友人もいる。特に子供ができると、独身の市ヶ谷は気軽に飲みに誘うことができなくなってしまうのだ。

「だから、あなたみたいにまったく違うお仕事をされてる人とお話しするのは、とても新鮮なんですよ。ご迷惑でなかったです？」

「もちろんです」

「それならよかった」

いい人だと思った。

はじめは、儚げながらも時折感じさせる妖艶な雰囲気に近寄り難さのようなものを感じていたが、思ったより気さくだ。ごく普通に話ができるし、本人が言うほど一般の仕事をしている人間と違うとも感じなかった。

一般的な常識も礼儀も、ちゃんと心得ている。

「あの……歌舞伎はどのくらいされてるんですか？」

「三歳になる頃には、すでに舞台に立ってましたね」

「へえ、やっぱりそうなんですか。ときどきテレビなんかで見ますけど、小さい子が泣きながら稽古《けいこ》をしてますよね。ああいった感じなんですか？」

「ええ。わたしの父も厳しかったですから、友達と遊んだ記憶があまりありません」

寂しそうにする花沢を見て、特別な才能を持った人は孤独なのだろうかと想像した。

ときどき、テレビなどで世界的に有名な女優やアーティストの半生を描いた番組を見ることがあるが、彼らの人生は必ずしも幸福に満ちたものではなかった。

人気が高ければ高いほど、悩みやプレッシャーも大きくなるだろう。その苦しみは、誰にも理解されないかもしれない。

華やかな表舞台からは想像できない、孤独。中には、自ら死を選ぶ者もいる。

ごく普通の家庭に生まれ、ごく普通の人生を歩んできた自分にはわからないものを抱えているのだろう。

「でも、その代わり誰もできない素晴らしい芸を身につけることができたんですよね」

市ケ谷は、無意識に口を開いていた。

「それがなければ死ぬというわけではないけど、僕の友達の先生たちは、みんなすごく喜んで観てますし、歌舞伎を観ている時は生き生きしてますよ。きっと活力にもなってると思います。また舞台を観ようって楽しみにしてるから仕事もがんばれるし、充実した毎日を送ることだってできるんだと思います。それは、とても素敵なことだと……、あ、すみません。

生意気なことを」

じっと見られていることに気づき、市ヶ谷は我に返った。注目されたことなどない自分がこんなことを言っても、なんの説得力もなさそうで、逆に口先だけで聞こえのいいことを言ってしまったのではないかと気が引けてくる。

しかし、花沢は男の市ヶ谷ですらドキッとするような微笑を見せた。

「あなたって、素直な人ですね」

「あ、いえ……、そんな……っ」

「わたしはあなたのような人は好きですよ」

こんなふうに、好意をはっきりと口にされるとどう反応していいかわからなくなる。

「あなたみたいな人って、すごく好きです」

面と向かって二度も好きだと言われ、顔が赤くなった。もちろん織田が市ヶ谷に抱くような感情とはまったく異なるものだとわかっているが、それでも市ヶ谷は顔が火照るのをどうすることもできなかった。

事務所に戻ってきた市ヶ谷は、荷物を机に置くとすぐにソファーに座って背伸びをした。

依頼の電話を受けてからずっとハイペースで仕事をし、契約を成立させた後、美味しい食事をしてきたのだ。市ヶ谷でなくても今日は早めに仕事を切り上げたい気分になるだろう。

「あ〜、美味しかった。あんなに贅沢《ぜいたく》な中華は初めて食べたよ。でも、ごちそうになってよかったのかな。高そうだったよね」

「マンションを売ったお金が入ったから、懐が潤ってるんでしょう。それに、舞台の方で稼いでるから、マンションを売らなくても金は持ってますよ」

相変わらずな言い方に困った溜め息を漏らすが、先ほどから織田があまり笑っていないことに気づいた。いつもの口の悪さから出たものではないようだ。

「もしかして、一緒に食事をするのは嫌だったかい?」

直球すぎるかと思ったが、遠回しに探るような真似《まね》は得意ではない。しかも、相手は織田だ。市ヶ谷がさりげなさを装ってもきっと見抜かれるだろう。

すると、正直なのがよかったのか、織田の顔に本当の笑みが戻った。

「いえ。どうしてです?」

「だって、あまり楽しそうじゃなかったから。昔の知り合いだし、もしかして、苦手な人だったんじゃないかい?」

織田は破顔した。

「先生は本当に愛らしいですね」

「！」

急に何を言い出すのかと、市ヶ谷は顔を真っ赤にした。

織田は、すぐに市ヶ谷を『愛らしい』と言う。しかも、時と場所を選ばない。

「ま、ま、またそんなことを……っ」

「本当のことですよ」

「あ、愛らしくなんかないよ！　それ言うのやめてくれって言ってるのに」

ムキになって反論するが、織田は凶悪な笑顔になっており、ますます顔が熱くなってくる。

「まぁ、正直なところ、俺は先生と二人で食べたかったんですけどね。今日は比較的涼しかったので、どこかでお弁当でも買って、公園で先生と二人でらぶらぶなお昼をと思ってたもんですから」

悪党のような笑みを浮かべながら『らぶらぶ』なんて言われて、ますます恥ずかしさが込み上げてくる。

遊ばれているとわかっているが、軽くあしらうことができないのだ。それがますます織田を調子づかせるとわかっていても、どうすることもできない。

「公園の芝生は気持ちいいですよ。弁当を食べ終わったら、先生をトイレにでも連れ込んで、子供の笑い声を聞きながらいかがわしい行為に耽るのもまた一興」

その場面を想像しているのか、織田は市ヶ谷の顎《あご》に手を伸ばしてきた。思わず後退《あとずさ》りするが、すぐに机に阻まれてしまう。追いつめられた格好になり、市ヶ谷は視線を泳がせた。心臓の音がやけに大きく、織田に聞こえるのではないかと焦るばかりだ。

「な、なんだよそれは。アダルトビデオじゃないんだから……」

「あれ、先生もアダルトビデオをご覧になるんですね」

「――っ！」

今日の織田は、特別意地悪だった。

普段は、ここまで絡むことはない。そろそろ許してくれたっていいじゃないかと思うが、織田はまだ満足していないらしい。追いつめた市ヶ谷にさらに一歩近づいてきて、躰を密着させる。

「すみません。もう意地悪はしませんよ」

顔を傾けてくるのが気配でわかり、市ヶ谷は思わず顔を上げた。すると、優しげに笑う年下の男の色っぽい顔が間近に迫ってきている。その表情を見ていると、自分が男であることも年上であることも忘れそうだった。

まるで滴る闇のような色香だ。深く、濃密なそれは、市ヶ谷を心底酔わせる。

「織田く……、――ん……っ」

唇が重ねられた瞬間、躰が痺《しび》れたようになり、身を硬くした。すると腰に腕を回され、抱き締められる。織田の中心はすでに硬く変化しており、言葉にせずとも市ヶ谷を欲しがっているのがわかる。あからさまな誘いに、戸惑わずにはいられない。

仕事中に迫ってくるのは、初めてのことだ。

「うん、……んっ、……ふ」

市ヶ谷は、織田の躰を押し返して火のついた若い獣をなんとか宥《なだ》めようと、必死で訴える。

「ちょっと……、お、織田君……」

「先生」

キスは、唇のすぐ下にも降ってきた。戯れるように、ホクロの辺りに何度も唇を押し当てられる。

「先生が欲しいです」

「だ、駄目だよ」

「駄目ですか?」

「だって……あの、ここ……事務所、だよ」

「それでも、先生が欲しいんです」

そう出られると困る。

まだ外は十分明るいのに……、と窓の外を見て、まだ日が高いことを目で確認するが、そうしている間にも織田の手は、市ヶ谷のスラックスのファスナーを器用に下ろして中へ侵入してくる。

　しかしその時、ドアの向こうで人の気配がした。

「――っ！」

　曇りガラスの向こうに見えたのは、小さな人影だ。おそらく、司法書士仲間の先生だろう。

　焦るあまり市ヶ谷は硬直してしまうが、織田は冷静な態度で今下ろしたスラックスのファスナーを上げてドアの方に向かう。

　何事もなかったかのような態度が、恨めしい。

「市ヶ谷先生ぇ～。おるかの～？」

　やってきたのは、福禄寿のような風貌《ふうぼう》の藤田だ。

「ようこそ、またサボりに来られたんですか？　相変わらずお暇で羨ましい」

　織田は嫌味たっぷりに言ったが、すんなりと藤田を中に通した。口は悪いが、意外にここの爺様先生たちのことは好きらしく、いいところを邪魔されたにもかかわらず本気で怒ってはいないようだ。

　お茶を淹れます、と言い残し、焦る市ヶ谷の姿をさも面白そうに一瞥《いちべつ》してから給湯室へと消えていった。

「ここ、こ、こんにちは。あの……っ、今日は、天気がいい、ですね」

「どうしたんじゃ～。顔が赤いごた～けんどなんかあったんか？」

「いえ。別に……っ」

これ以上追究されると何を口走るかわからないと、市ヶ谷は話題を探した。そして、今日会ってきたばかりの花沢のことを思い出す。

「あ。そうそう。今日のお客さん、歌舞伎役者さんだったんですが、ご存知ですか？　名前は……えっと、なんだっけ？　蝶なんとかって……」

なんとか話題を切り替えねばと思うが、なかなか役者名が思い出せず、さらに焦るばかりだ。だが、藤田はそれだけでピンと来たようだ。

藤田の勘がいいのか、『蝶』の一文字だけで思い出されるほど有名な役者なのか——。

「おお、有田屋しゃんの御曹司と会うたのか？」

いつものんびりしているが、今はまるで人気役者に群がる若い女の子のように、目をキラキラ輝かせている。

「いえ、有田屋さんって名字じゃ……」

「有田屋しゃんというのは、屋号じゃ〜。歌舞伎の世界では、屋号で呼ぶのが礼儀でな、蝶がつくと言えば、石川蝶十郎はんのことじゃろ」

「そう、蝶十郎さんって名前でした。石川蝶十郎さん」

「この前テレビでやりおったじゃろうが。お前さんも見とるぞい」

「あ。そういえば、そんな名前聞いたような……」

織田が「男の踊りを見て楽しいですか？」と、強制的にテレビを消した時に出ていた人のことだ。文句を言う爺様先生たちに『男が女の格好をしてくねくねしてるだけだ』というようなことを口にしていたのを覚えている。

（あの時、織田君は花沢さんが出てるって気づいてたんだ……）

さすがに口の悪い織田だ。知り合いだろうが、容赦はない。

「あん人は、舞台以外では表に出らん人でなぁ。どんな男じゃった？」

「いい方でしたよ。食事もごちそうになって」

「なんと！　食事も一緒にか！　しょりゃしゅごい。みんなにも教えてやらにゃ！」

そう言うと急いで立ち上がり、ドアを開けて廊下に声を響かせてみんなを呼ぶ。

「あ、あの……」

まさかこんな展開になるとは思っていなかった。織田とのキスで蕩《とろ》けた市ヶ谷は、自分の顔の火照りを少しの間誤魔化すためにその話をしたのだ。騒ぎ立てるつもりはなかった。

しかし時既に遅しで、藤田の声を聞きつけた爺様先生たちがわらわらとやってきて、市ヶ谷の事務所に集まり、質問攻めにしてくれる。

「蝶十郎はんと会うたんか？」

「食事もしてきたとな？　羨ましかの～。わしも近くで見てみたいもんじゃ」

福山が最近買ったスマートフォンを出し、動画を見て溜め息をついた。そこに映っていた

のは、色気のある細身の美人で、男とは思えないほどの色香を漂わせている。

「蝶十郎はんが来るとわかっとんのなら、わしもついて行ったんやが」

携帯でメールを打つことすらままならぬ市ヶ谷に比べて、ここの先生方はちゃんと文明の利器を活用しており、感心しながら女形に夢中になるその姿を見ていた。

そして、織田が盆を手に給湯室から出てくる。

「どうぞ」

給湯室でこの成り行きを聞いていたのだろう。織田は人数分の茶を用意して持ってくると、当然のように応接セットのところでたむろする爺様先生たちの前に一つずつ湯のみを置いた。もちろん、茶菓子も忘れない。

「お。おったんか」

「どうも。いつも仕事の邪魔ばかりしていただいて、大変光栄です」

「仕事しちょったんかい」

「ええ。もちろんですよ」

織田と目が合い、気まずい気持ちになった。

していたのは仕事ではなく、いかがわしい行為だ。

「相変わらず愛想のない男じゃの～。年寄りにはもうちょっと親切にせないかんぞい」

「何をおっしゃるんです。老い先短い先生方のために、こうして心を込めてお茶を淹れて和菓子もお出ししてるじゃないですか。とうとうボケられたんですか」

「お、織田君っ」

なんてことを言うんだ……、と慌てるが、爺様先生たちは気を悪くするどころか、生意気な織田の言葉を聞いて喜んでいる。「ひゃっひゃっひゃっひゃ！」と楽しげな声が、事務所に響いた。

（お、織田君の冗談は心臓に悪いよ……）

市ヶ谷は冗談でも『老い先短い』なんて言えないが、織田はそれが嫌味になっていない。むしろ長生きすることを願っているようにも聞こえてくるのだ。そんなふうに感じるのは、惚《ほ》れているからかと思ったが、ここに集まる爺様先生たちは、織田が生意気であればあるほど面白いという顔をしている。

それは、織田が言葉とは裏腹に先生たちを敬っているとわかる行動を取っているからなのかもしれない。

茶と茶菓子は常に用意し、文句を言いながらもちゃんと歓迎している。しかも、最近自分で見つけてきた南部鉄の急須に『丸子《まるこ》』と名づけて使っているのだ。茶が美味しく淹れられるそうだ。

また、足元がおぼつかないような時は手を貸し、エアコンの風の向きにも気をつけていてさりげなくリモコンを操作する姿もよく目にする。

改めて思い返すと、すべての行動に思いやりが感じられた。

（織田君は、わかりにくいけど優しいんだよな）

表面的な部分ではなく、その奥底に隠された魅力があるとしみじみと感じながら見惚れていた市ヶ谷だが、うっかり目が合ってしまいギクリとなった。硬直した市ヶ谷を見た織田は、持ち前の目つきの悪い笑顔を見せる。

（あ、えっと……）

先ほどは二人ともその気になっていたのに、こんなふうになってしまったのは市ヶ谷が不用意に花沢の話をしたからだ。この調子だと、今日はなかなか解散とならないだろう。

何か企んでいそうな表情に、嫌な予感を抱かずにはいられない。

そして予想通り、その日、織田は爺様先生たちが解散すると市ヶ谷のマンションに来て、いきなりベッドルームに連れ込んだ。しかも、オアズケを喰わされた仕返しとばかりに市ヶ谷の躰をいじり回し、耳を塞ぎたくなるような愛の言葉を注ぎ、啜り泣かずにはいられないほど優しく突いて市ヶ谷を翻弄《ほんろう》する。

甘い責め苦に悶《もだ》えながら、気を失いそうになるほど年下の恋人に深く愛された市ヶ谷は、これまで以上の幸せを感じるのだった。

残暑も厳しい九月の半ばのこと。市ヶ谷は一人で事務所にいた。

織田は親戚の法事で帰省するため、めずらしく丸二日間休みを取っている。織田は一日でいいと言ったが、日頃優秀な補助者として働いているのだ。たまには実家でのんびりしてくるよう、半ば強引に休んでもらった。

しかし、一日目にして少し後悔し始めている。

美味しい和菓子は用意してくれてはいるが、茶は自分で淹れなければならず、一人で食べるのもなんだか味気ない気がして三時の休憩時間が楽しみに感じない。それ以前に、もう一時を回っているのに、まだ昼食すら取っていないのだ。

司法書士仲間の先生を呼ぼうと思ったが、こんな時に限って来客中だったり外出中だったりで、結局まだ誰も事務所のドアを叩いてくれない。

「お腹空いたな」

仕方なく一人寂しく食べようと出前のメニューを見ようとしたが、どこに置いてあるのかわからない。昨日、あれだけ「ここに置いておきます」と言われていたのに、出前のメニューを入れてあるクリアケースがどこにも見当たらないのだ。

身の回りのことは織田がしてくれるため、以前よりさらに生活能力が低下している気がしてならなかった。

「ああ、織田君がいないと駄目だなぁ」

四十一にもなってこれではいけないと、あちこち探し回ってなんとか目当てのファイルを見つけ出した。しかし、ようやく見つけた店屋物のメニューを見ても、食欲が湧かない。

そろそろ誰か先生が遊びに来てくれないかとドアを見たが、その気配はなかった。溜め息をつき、諦めて一人寂しい食事をすることにするが、その時事務所の電話が鳴った。

「はい。市ヶ谷司法書士事務所です」

『市ヶ谷先生ですか？　わたしです』

「えっと……」

『花沢です。歌舞伎役者をしている石川蝶十郎って言った方がピンときますか？』

「あ。先日はごちそう様でした」

予想だにしなかった相手からの電話に、市ヶ谷はなぜか緊張した。一度しか会っていない相手だが、あの儚げで妖艶な印象の男の姿が容易に思い浮かぶ。

微笑を浮かべる口許が、脳裏に浮かんだ。

『今、先生の事務所の近くにいるんですよ。ご迷惑でなければ、食事でもどうかと思ったんですけど、もう済まされましたよね？』

「いえ。実はこれからなんです。今日は織田君が休みなんですよ。一人で食べるのも味気ないなと思っていたところなんで、喜んでご一緒します。今度は僕に奢らせてください」

『そんな。わたしから誘ったのですから……』

「いえ。その方が気軽に行けますのでぜひ」

『そうですか。それでしたら』

電話を切ると、市ヶ谷は車でいそいそと出かけていった。織田があまり語りたがらない弁護士時代の知り合いだが、食事をするくらいは問題ないだろう。織田の弁護士時代の話を根掘り葉掘り聞くつもりもない。

待ち合わせの場所に着くと、花沢はすでに来ていた。車を寄せて助手席に乗ってもらい、邪魔にならないよう再び流れに乗った。

「こんにちは」

「どうも。急に誘ってしまって、ご迷惑でなかったですか?」

「いえ、ちょうどお昼どうしようか迷っていたところですので。それより何にしましょう。和食はどうです? 歌舞伎役者さんって聞くと、いつも和食を召し上がっているイメージなんですけど。もしイタリアンなんかの方がよければ……」

「いえ。和食は好きですよ」

「じゃあ、僕のお勧めのお店に行きましょう」

市ヶ谷は、近くにある老舗の蕎麦《そば》屋に向かった。

料亭のような雰囲気で、ちょっとした贅沢をしたい時に使う店だ。手打ち蕎麦で、天ぷらや刺身のついた豪華なセットも楽しめる。

店専用の駐車場はないが、すぐ近くに百円パーキングがあるため便利だ。

車を駐車場に停めると、二人は店の敷地内に入っていった。そう広くないが、建物に辿《たど》り着くまで手入れのされた庭を歩けるのもいい。心が落ち着く。

「いらっしゃいませ」

暖簾《のれん》を潜《くぐ》った二人は、仲居に案内されてテーブル席に向かった。

店内も静かで、仕事中だということを忘れてしまいそうだ。仲居が忙しそうに働いているが、雰囲気を壊さず、なおかつ客を必要以上待たせない。接客にもかなり気を使っているようで、ここに来ると優雅な気分になれる。

「何にしましょう」

メニューを開いた市ヶ谷は、思っていたより空腹だったことに気づいた。腹が鳴ってしまいそうだ。

「市ヶ谷先生お勧めのものがあれば……。私は好き嫌いはありませんから」

「じゃあ、この梅花御膳《ばいかごぜん》にしましょうか。蕎麦だけでなくいろいろ楽しめますよ」

市ヶ谷は、ランチメニューの中でも贅沢なセットを注文した。蕎麦湯に始まり、刺身や天ぷら、湯葉や豆腐を使った小皿が載った盛りだくさんなセットになっている。また、自家製の柚子シャーベットがデザートについているのだが、食後にはちょうどいい爽やかな甘さで、ホットコーヒーとの相性もいい。

注文を終えると、温かい茶を飲みながら料理が出てくるのを待つことにする。

「今日はお仕事ないんですか？　あ、お稽古って言うんでしょうか」

「ええ。稽古は午前中にしてきたんですが、夜もう一度」

「やっぱり、毎日かなりの時間お稽古されているんですね」

「それが仕事ですから。市ヶ谷先生も朝から夜まで働いてるでしょう？　それと同じで特にすごいってことはないですよ」

やはり、花沢にはどこか妖艶な雰囲気があった。

女形をやるからなのかとも思ったが、もともと、こういった雰囲気を持っていたのかもしれない。

これで自分より七つも年上なんて信じられず、当たり障りのない世間話をしていても、夢を見ているような気分にさせられる。

美しい男というのはいるのだ。しかも、単に若々しいのとは違う。まるで、人間ではないような、何か違う存在のような気がしてくる。

たとえば、古《いにしえ》の時代にいた鬼のような存在と言ってもいいのかもしれない。

大学の頃に選択科目で取っていた文化人類学の講義で学んだ、日本各地に存在する鬼の話は、子供の頃に聞いた昔話とは違うものも多かった。

美しく、そして物悲しい物語に心惹かれたものだ。

雨露を棲家《すみか》とし、人を惑わす鬼もいるという。

(なんだか、不思議な人だな……)

しばらくすると、仲居が御膳を手にやってきて、テーブルの上は美しい料理で飾られた。

「いただきましょうか」

「はい」

市ヶ谷はまず蕎麦湯に手を伸ばし、それを味わった。

いつ来ても、この店は最高の料理を出してくれる。新鮮な刺身は醤油《しょうゆ》につけると油がパッと広がり、身の引き締まった魚は歯応えがよくて摩《す》り下ろした山葵《わさび》がよく合う。また、天ぷらの衣はサクサクしており、油っこさもなくて軽く、いくらでも食べられそうだ。

蕎麦はいわずもがな。香りがよく、薄味の出汁《だし》とのバランスもちょうどいい。

「美味しいですね。蕎麦の香りがとてもいい」

「そうですか。お連れしてよかったです。僕もここの蕎麦は大好きで」

「織田君ともこういう店に?」

「ここはまだ来たことはないですね」

「彼はどうして先生のところへ? ……あ、すみません。昔仕事でお世話になった人だから、急に辞められたのが気になって。優秀な弁護士でもあったものですから」

そう聞きたくなるのも無理はない。

市ヶ谷も、織田が事務所に来ることになった時は、弁護士の資格を持っているのになぜ違う仕事を選んだのかと不思議に思ったものだ。

「僕は何も聞いてなくて」

「気になりませんか？」

「ならないってことはないですけど、あまり触れて欲しくないみたいだから。もしかしたら、仕事で辛いことがあったのかもしれません」

まだ詳しくは教えてくれないが、いつか自分にもそれを笑って話してくれるようになるといいと、市ヶ谷は思った。言いたくない過去など、ない方がいい。

そして、恋人を想《おも》うあまり花沢の存在を忘れかけていた市ヶ谷は、注がれる視線に気づいて慌てた。

「あ。……えっと、あのっ、花沢さんは、舞台のご予定なんかは……」

「そうだ。今度公演があるんですが、よかったら先生もどうですか？　ちょうど関係者席のチケットが二枚あるんで、ご招待しますよ」

「えっ、いいんですか」

「ええ」

チケットを差し出され、素直に受け取る。歌舞伎を観に行ったことはないが、爺様先生たちがよく事務所のテレビで観ているため、興味はあった。

テレビで観るのと舞台で観るのとでは、随分違うだろう。初めての経験に心が躍る。

それから二人は食事を済ませ、少し会話を楽しんでから店を後にする。

花沢はこれからもう一つ用事があると言って、店の人にタクシーを呼んでもらった。迎えに来たそれに乗り込むと、花沢は窓を開けて丁寧にお辞儀をする。

「市ヶ谷先生、今日は楽しかったです。また、ときどきこうして食事ができるといいんですが」

「僕でよかったら誘ってください」

「ありがとう。それじゃあ」

タクシーが走っていくのをしばし眺め、市ヶ谷は自分の車が停めてあるコインパーキングに向かった。

楽しい時間だった。

確かにはじめは少し緊張したが、気さくな人だという印象に変わりはない。きっと爺様先生たちに言ったら大騒ぎだろうと想像し、一人でクスッと笑う。

今日、花沢と食事をしたことは先生たちには内緒にしておこう。

そう決めると今度は恋人に思いを馳《は》せ、貰ったチケットをポケットから取り出した。織田を誘ってもいいだろうかと考え、三人で食事をした日のことを脳裏に蘇らせる。

事務所に戻った時、織田が市ヶ谷に言った言葉——。

『どこかでお弁当でも買って、公園で先生と二人でらぶらぶなお昼をと思ってたもんですから』

不遜な顔でよくもあんな台詞が言えるものだと、思い出し笑いをする。考えれば考えるほどおかしくなってきて、チケットを渡してデートに誘ったらどんな顔をするだろうかと想像した。

いつものような態度でチケットを受け取るのか、それとも少しは驚いてみせるのか。

早くその反応が知りたくて、市ヶ谷は胸を躍らせていた。


「二人で食事を……?」

有給休暇明けに出社してきた織田は、市ヶ谷の話を聞くなり不機嫌そうな顔をした。予想外の反応に驚き、なぜそんな顔をするのか戸惑わずにはいられない。

「えっと……ただ、食事をしただけなんだけど」

昔のことは聞いてないと伝えたかったが、口にすると言い訳がましくて喉まで出かかった言葉は声になる前に消えた。

「そうですか」

背中を向けてしまった織田を見て、声をかけられなくなる。

どうしようかと思ったが、まるで失敗を穴埋めするかのように、深く考えもせず貰ったチケットを取り出した。

思い描いていた通り、織田をデートに誘えば軌道修正できると無意識に思ってしまったのかもしれない。

「舞台のチケットもいただいたんだ。二枚あるから、誰かと一緒にって思って……、織田君はやっぱり、昔の仕事と関係ある人の舞台なんて、嫌だよね」

言いながら、どうして自分はこんなに鈍感なのだろうと反省した。

織田が事務所に来たばかりの頃、自分がしてきた弁護士の仕事を、汚い仕事のように言った。自分の依頼人は腹黒い連中が多いということも。

花沢がそんな人だとは思わないが、嫌な思い出を蘇らせるのかもしれない。

この前、花沢の誘いに乗って食事をしたのは、大人の対応をしただけだ。一緒に食事をするのは嫌だったかと聞いた市ヶ谷の言葉は否定したが、あれは気を使ってそう言っただけに違いない。それなのに、織田の気持ちも知らずさらに失敗を重ねてしまう己の愚かさにほとほと呆れた。

　なぜこんなに馬鹿なのだろうと深く反省をする。

　ただ織田と一緒に出かけ、帰りに食事をしたかっただけだが、そんなのは言い訳にもならない。もう少し織田の気持ちを考えるべきだったと思う。

「ごめん。やっぱり、誰か他の先生を誘うよ」

　そう言うと織田は溜め息をつき、市ヶ谷を振り返った。

「行かないとは言ってません」

「え……」

「俺が行きます。先生とデートができるチャンスですし」

　その表情は、いつもの織田のものに戻っていた。少しふてぶてしく、年上の市ヶ谷ですら見惚れてしまう色男の顔だ。同性に恋愛感情など抱いたことのなかった市ヶ谷を、あっさりと落としてしまった男の顔——。

「本当は気が進まないんじゃないかい？」

「そんなことないですよ」

「でも……」

「俺が休みだからって、先生が俺の目を盗んで他の男と食事に行ったのは、正直気に喰わないですけどね」

「……っ!」

ニヤリと笑う織田を見て、市ヶ谷は真っ赤になった。こういうやり方は、織田の得意とするところだ。市ヶ谷の方が随分と年上だというのに、こんなふうに翻弄されているのが恥ずかしい。

「変な言い方しないでくれよ。ただ食事に行っただけだろう」
「俺には十分嫉妬すべきことです」
「へ、変なことはしてないよ」
「変なことってなんですか?」
「う……」

言葉に詰まると、織田は笑いを堪えていたらしく、いきなり吹き出した。肩を激しく上下させているのを見て何もそこまで笑うことはないではないかと思うが、織田は一向に笑うのをやめようとはしない。

「すみません。先生があまりに愛らしいので、つい苛めたくなるんですよ」
「お、織田君っ」

もう何度言われただろうか。

四十一の男には決して似合わない褒め言葉に耳を塞ぎたくなるが、そうすればますます織田を喜ばせてしまうことはわかっていた。

(織田君は、僕をからかうのが完全に趣味になってるな)

笑いすぎて滲んだ涙を指で拭《ぬぐ》う織田を見て、諦めの境地に達する。そして、最初に花沢と食事をしたと言った時の不機嫌そうな表情を思い出した。

(気のせいだったのかな……?)

今の織田を見ているとそうとしか思えず、本人がいいと言うならこれ以上考えずに舞台を楽しもうと織田にチケットを渡して仕事に戻る。

それからは平和な毎日が続き、公演の日はあっという間にやってきた。

その日は土曜日で、六時からの開場に合わせて織田と待ち合わせをする。一ヶ月にもわたる公演はおよそ二週間が過ぎた頃で、ちょうど折り返し地点といったところだ。

市ヶ谷は花束を持って花沢の楽屋を訪れることになったが、いざその近くまで来ると緊張は隠せなかった。

スタッフは忙しく働いており、和服に身を包んだ役者の姿も見られる。独特の雰囲気が漂っていて、市ヶ谷の日常とはかけ離れた別世界だ。

案内してくれたスタッフが花沢の楽屋に入っていくと、いよいよかと背筋を伸ばした。

「お、織田君。僕は……こ、こういうのは、初めてで……」

「大丈夫ですよ。ほら、行きましょう」

中に入るように促された二人は、スタッフにお辞儀をして部屋に足を踏み入れた。中は三分の一程度がホールなどによくみられるリノリウムの床で、奥の方は一段上がって畳が敷いてある。

花沢は鏡の前に正座をし、準備をしている最中だった。

「市ヶ谷先生。ようこそ」

「今日はお招きいただきありがとうございます」

まだ鬘《かつら》は被っておらず、髪の毛はぴったりとまとめられて坊主のような状態だが、化粧を施した花沢はすでに女らしい色気を滲ませていた。

白いドーランを塗り、赤っぽい色で女性らしい弓なりの眉が描かれている。目許は鮮やかな朱色で目張りがしてあるが、切れ長の目がやけに色っぽい。特にうなじは、同じ男とわかっていても直視していいものか迷うほどだった。着物の襟を深く下げているため、つい目が行ってしまう。

「あ、あ、あの……今日は楽しみに来ました。あの……これ、どうぞ」

花束を差し出すと、花沢は市ヶ谷のところまできてそれを受け取り、嬉しそうに微笑を浮かべて匂いを嗅ぐ。

「ありがとう。とてもいい匂いだ。あ、君。これ生けておいて」

「はい」

花沢が付き人のような男に花束を渡すと、彼はそれを持って部屋から出ていった。

「織田君もようこそ」

「どうも」

織田は相変わらず無愛想で、せっかく招待してくれたのにと市ヶ谷はオロオロした。大事な舞台の前に不快な気分にさせはしないかと、会話が弾みそうな話題を探す。

「歌舞伎は初めてで……」

「気楽に観てください」

「はい。少しだけ予習してきました。僕の友達の先生たちが、花沢さんのファンで、今回の公演も観たそうです。すごくよかったって、盛り上がってました」

花沢からは、今日もほんのりと白檀の香りが漂ってきた。

「そうでしたか。だったらチケットをたくさん用意しておけばよかったな」

「いえ、そこまでご迷惑は……。えっと……それで、もしよろしければ……」

市ヶ谷は、おずおずと切り出した。

実は楽屋に挨拶に行くと口を滑らせてしまい、サインを貰ってきてくれとせがまれたのだ。失礼じゃないかと思ったが、強く押されると断ることができず、全員ぶんの色紙を持たされた。

「サインくらいいいですよ」

「すみません。実は、結構たくさんあるんですけど」

市ヶ谷が紙袋の中から出した色紙を見て、花沢はプッと吹き出した。そして、笑いを堪えながら市ヶ谷から受け取ったサインペンの蓋を取る。

「わたしのサインで喜んでもらえるなら、いくらでもします」

花沢は快く引き受けてくれ、すべてにサインを入れた。爺様先生たちの喜ぶ顔が浮かび、市ヶ谷も心が浮き立つ。きっと自分の事務所に集まってＤＶＤ鑑賞会を始めるぞと、その光景を思い浮かべて笑みが漏れた。

それから五分ほど話をし、あまり長居すると迷惑だろうと、市ヶ谷たちは早めに楽屋を出た。ロビーの売店では飲み物の他に手拭いや扇子なども売っている。

「はぁ〜、花沢さん、きれいだったね。見てるだけでドキドキしちゃったよ」

「俺は素朴な先生の方が好きですけどね」

相変わらず赤面するようなことをサラリと言われ、対処に困る。まだ、上手く切り返すことができない。反応するともっとすごいことを言われそうで、必死でさりげなさを装いながら質問なんてしてみた。

「織田君は観たことあるのかい？　花沢さんの舞台」

「ええ。まぁ」

意外だった。

これまでの態度から、必要以上に依頼人と関《かか》わらないようにしていそうだったのに、舞台を観に来るなんて信じられない。

それとも、仕事のために観る必要があったのか――。

「へぇ、そうなんだ」

「それより、そろそろ席につきましょうか。バタバタするのもなんですし」

「あ。そうだね」

促され、市ヶ谷は観客席に向かった。椅子に座り、プログラムをパラパラとめくる。開演まで三十分ほどあったが、織田と一緒だとそんな時間もあっという間だった。

客席の明かりが段階的に落とされていき、幕が開く。

花沢が出る演目は『京鹿子娘道成寺《きょうがのこむすめどうじょうじ》』というものだった。

これは、山伏の安珍《あんちん》と安珍を恋い慕う清姫《きよひめ》にまつわる後日譚《ごじつたん》で、女の情念が描かれた話となっている。かつて自分を裏切った安珍を鐘とともに焼き殺した清姫は、白拍子《しらびょうし》の姿となって鐘の供養に道成寺を訪れるのだが、その前で舞を披露するうちにまだ収まらぬ安珍への想いに心が昂ぶり、ついには大蛇となる。

引き抜きと呼ばれる衣装の早替えや、一人の役者が一時間近く踊り抜くところも見所で、市ヶ谷は圧倒され、瞬《まばた》きをするのも忘れるほど舞台に魅入っていた。衣装も美しく、日常を忘れて歌舞伎の世界に引き込まれた。

爺様先生たちが夢中になるのもよくわかる。

あっという間に時間は過ぎていき、舞台が終わる頃にはすっかりファンになっていた。

「なに惚けているんですか。まぁ、先生はいつも半分惚けていらっしゃいますけどね」

「だって……すごく、きれいだった」

織田の揶揄《やゆ》に気づかないほど、うっとりしている。

「あ～、また来たいなぁ。今度は自分でチケットを取って観に来よう。今日くらい近くの席が取れるといいんだけど。あ、そうだ。先生たちにお土産買って帰ろう」

ロビーに出た市ヶ谷は、売店で全員ぶんの土産を手に入れ、最後にもう一度楽屋を訪れて挨拶をしてから織田とともに劇場の外に出た。

タクシー乗り場は既に行列ができており、劇場から少し離れた場所で拾った方がいいだろうと、夜の街を歩き出す。

こうして駅に向かいながら、舞台の余韻に浸るのも悪くない。

「いい舞台だったなぁ。歌舞伎がこんなに面白いなんて思ってなかったよ」

「そうですね」

「きれいだよね。普段から雰囲気のある人だし」

「そうですね」

「日本の伝統文化って素敵だね」

「そうですね」

先ほどから「そうですね」としか言わない織田に、何か気に障ることでも言っただろうかと怪訝に思った。足早に歩く織田は、とても今の時間を楽しんでいるようには思えない。

「市ヶ谷先生」

「なんだい？」

「先生が贈った花、楽屋に飾られてなかったですよ」

「え……？」

思いもよらない言葉だった。帰りに楽屋に立ち寄った時は、そんなところまで見なかった。飾られてあるかどうか確認はしていないが、織田の言うことが本当だとしても、花瓶がなくて違う場所で水に浸けているだけかもしれない。

取り立てて指摘するようなことでもないのにと思うが、織田の目はそう言っていなかった。

「先生が思うほど、あの人は優しくはないと思いますけどね。いかにも何か腹に一物抱えてそうな感じだし」

「どうしてそんなことを言うんだい？」

「お人好《ひとよ》しもいいですけど、誰でも信用しない方がいいってことですよ」

市ヶ谷は、たじろがずにはいられなかった。なぜそこまで冷たく言いきれるのか、理解できない。しかも、舞台に招待してくれた相手だ。嫌いなら、断ればいいし、わざわざ観に来ておきながら相手のことを悪く言うなんて矛盾しているとしか思えなかった。

「やっぱり、花沢さんと何か……」

「何もないですよ」

市ヶ谷の言葉を遮るような言い方に、悲しくなって本音を漏らした。

「僕は、理由もなく他人の悪口を言う織田君は……あまり好きじゃないよ」

織田は立ち止まり、無表情な顔で振り返る。目が合うと、市ヶ谷の方が責められている気分になった。何もわかっていないと、暗に言われているようだ。

「ねぇ、本当は何か理由があるんじゃないのかい？　僕は聞いちゃいけないことなのかな？」

「別に。ただ、俺は性格が悪いんです」

「そんなことないよ」

「俺は先生と違って、他人の悪口くらい平気で言いますよ。俺はあの人は信用してませんから。あなたのような人はコロッと騙されるかもしれませんけど、俺は違います。見てくれに騙されて、後で泣いても知りませんよ」

「そんな言い方をしなくても……」

「そうですね」

織田はこのまま話していても平行線だと思ったようで、軽く溜め息をついてみせた。

「今日は帰ります。先生、一人で帰れますよね。タクシー拾ってきますから」

「織田君……っ」

これから一緒に食事をしようと思っていた市ヶ谷は、まさかの展開に咄嗟《とっさ》に何を言ったらいいのかわからなくなった。そうしている間にも、織田は空車のタクシーを停めてしまい市ヶ谷に乗るよう促した。織田は別のタクシーで帰るつもりらしく、市ヶ谷が乗ると外から運転手に駅まで向かうよう言って歩道のところでお辞儀をした。

「じゃあ、今日はありがとうございました」

「織田君……」

他人行儀な態度に観念して、「おやすみ」と言う。タクシーが走り出すと、市ヶ谷は一人後部座席に座って爺様先生たちへの土産の袋をじっと眺めた。

（これって……喧嘩《けんか》、……だよな）

温和な性格をしているからか、これまでは誰かと衝突するようなことはあまりなかった。意見が違う時は、ちゃんと話し合って解決するようにしている。

それなのに、どうしてこんなことになったのかと思うと、気が滅入って仕方がなかった。

「明日、謝ろう」

車の窓から見える街の夜景はきらびやかで、今の市ヶ谷の気持ちとは正反対だった。

織田と喧嘩をしてから、二週間ほどが経った。

翌日にきちんと謝ったが、織田は「俺もすみませんでした」と言っただけで、仲直りと言っていいのかどうかもわからなかった。

一応、解決した形になってはいるが、それ以来、なんとなくギクシャクしている。

というより、織田の様子が少し変なのだ。何か考え込んでいるようなことがよくあり、そういう時は決まって難しい顔をしている。何か辛いことでもあったのかと聞きたいが、声をかけられる雰囲気でもなく、こうしてズルズルと時間が経ってしまった。

また、仕事が終わるとすぐ帰ることも多く、この二週間ほどの間に何度か夕飯を食べに行こうと誘ったが、一度たりとも実現していない。

しかし、それは市ヶ谷を避けているのとも少し違う気がした。誘われることを嫌がってはいないようで、嬉しそうな感情が読み取れるのだ。そして、断る時の表情には罪の意識のようなものが表れている。

確かに、市ヶ谷も誰かからの誘いを断る時は申し訳ない気持ちになるが、自分を責めるほどではない。

（どうしちゃったんだろう……？）

差し込んでいた夕方の光が闇に変わろうとする頃、事務所の電話が鳴った。

「あ。織田君？」

電話は、織田からだった。今日は法務局に行った後、印鑑を貰いに依頼人の自宅に行くことになっていたが、約束の時間になっても帰ってきていないと連絡があった。

「どうしたの？　まだ帰ってこないのかい？」

『いいえ。先ほど戻られたので、印鑑は貰いました。思ったより遅くなってしまったので、今日はこのまま直帰しようと思ってるんですけど。今日する仕事は残ってないですし』

「うん、いいよ。一度事務所に戻るより今日は早く帰って休んだ方がいいね」

『じゃあ、そうさせてもらいます。お疲れ様です』

「はい、お疲れ様」

受話器を置いた市ヶ谷は、溜め息をつかずにはいられなかった。

今日こそ夕飯を一緒にと思っており、夕方五時頃からそわそわしていたのに、こうもあっさり計画が崩れるなんて予想外だ。さすがに何もなかったように振る舞うのも限界で、織田は嫌がるかもしれないが、何か悩んでいることがあるのなら相談に乗ろうと思っていた。

（一応、僕は恋人……だよな）

今までになく織田との間に距離を感じており、その自信すらなくなっていた。

市ヶ谷はしばらくぼんやりしていたが、いつまでもこうしているのもどうかと思い、事務所の片づけを始めた。給湯室で先ほど自分で使った湯のみと急須を洗っていたが、ふと手を止める。

やはり、織田と花沢の間には、何かある。それも、織田が仕事を辞めるきっかけになるようなことがあったように思えてならなかった。

「なぁ、丸子。どう思う？」

洗った急須を持ち上げ、一人呟いた。織田が買ってきて名前までつけた急須からは、水滴が滴り落ちているだけでもちろん答えてはくれない。

そして、給湯室の隅に立てかけてある釣り竿を見て力なく呟く。

「最近、釣りもしてないなぁ」

楽しかった織田との渓流釣りを思い出し、無意識に溜め息を漏らした。給湯室の片づけを終えて帰る準備が整うと、鞄を持って事務所の電気を消す。

しかし、暗い事務所の中をざっと見渡してドアを閉めようとした時、再び電話が鳴った。

「あ……」

なぜか織田かもしれないと思った市ヶ谷は、電気をつけると飛びつくようにして受話器を取った。しかし、その向こうから聞こえてきたのは、恋人の声とはまったく異なるものだ。

『市ヶ谷先生。わたしです』

「花沢さん」

市ヶ谷は、落胆を隠せなかった。

喧嘩の原因でもあると思ってしまい、花沢にはなんの非もないのに、そんなふうに考えてしまう自分がものすごく心の貧しい人間に思えてきた。なんでも他人のせいにすれば、楽だろう。しかし、そんなことでは何も解決しない。

『よかったらこれから食事でもどうです？』

あまり気は進まなかったが、一人で寂しく夕食を取るなんてもっと気持ちが暗くなりそうで、誘われるまま出かけることにした。もしかしたら、織田と何があったのか知ることができるかもしれないという思いがあったのも、否定できない。

市ヶ谷は急いで事務所を出ると、タクシーを使って待ち合わせの店に向かった。

花沢が指定したのはごく普通の居酒屋だった。店内には、若い男女やサラリーマンやＯＬの姿が目立つ。最初に連れていかれた場所が高級中華料理店だったのもあり、花沢もこういった店に来るのだと当たり前のことに妙に感心してしまう。

「こんばんは」

「どうも、市ヶ谷先生。いきなり誘ってすみません」

「いえ。今日は一人で夕飯を食べる気がしなくて、誘ってもらってよかったです」

席についた市ヶ谷は、テーブルに備えつけてあるメニューを手に取った。先に飲み物の注文を取りに来た店員に生ビールを二杯注文してから料理も適当に選ぶ。

すぐに突き出しとビールが出てきて、二人は乾杯した。

「そういえば、公演は無事終わったんですよね？」

「ええ、おかげさまで。ようやくホッとできます」

ビールを半分ほど一気に飲み、突き出しの和え物に箸《はし》をつける。すぐに料理も運ばれてきて、市ヶ谷はさっそく地鶏《じどり》の炭火焼きから食べてみた。

香ばしくて歯応えがよく、塩加減も絶妙だ。山芋の短冊切りは、ノリの風味と山葵がたまらない。冷奴は、市ヶ谷が好きな居酒屋メニューのトップスリーに入っている。

「どうでした？　舞台は」

「まぁ、いろいろあったけど一応成功ってところですね」

焼き鳥の盛り合わせが出てくると、花沢はレバーに手を伸ばした。さらに豚足が出てきて、テーブルはあっという間にいっぱいになる。

ふと、目の前に並ぶ料理がおじさんの代表のような品揃えだと気づいて、市ヶ谷はおかしくなった。地味なスーツを着た自分には合っているが、花沢はこういう場所より料亭といった印象がある。

「花沢さんも焼き鳥なんて食べるんですね」

思わず口に出してしまい、市ヶ谷は慌てて口を噤《つぐ》んだ。

「あ、いいえ」

「……ああ、いかにもおじさんらしいメニューですよね。でも、おじさん二人だからいいんじゃないですか」

「僕はおじさんですけど、花沢さんはあまりそういった感じがしません。年齢不詳っていうか、舞台を拝見したからか、性別もなさそうな感じがします」

「そんなことないですよ。あ、すみません。ビールもう一杯」

市ヶ谷はまだ半分あるが、花沢のジョッキはすでに空になっていた。儚げな印象があるため、無意識に自分なりにイメージを作り上げていたのかもしれない。

「ところで、市ヶ谷先生は、今日はあまり元気がないみたいですね」

「そうですか？」

「ええ。なんとなくそんな感じが。何か悩みでも？　恋の悩みとか」

「え……」

市ヶ谷は手を止めた。動揺を隠せずにいる市ヶ谷を見て、花沢は申し訳なさそうな顔をする。

「あ。すみません。余計なことを言ってしまって」

「いえ、そんな」

「わたしもちょうど恋愛で悩んでいたので、そうじゃないかって」

「え、そうなんですか」

花沢が恋愛のことで悩んでいるなんて、意外だった。

よく考えれば花沢も一人の男で、誰かを好きになったりするのは当然のことだ。妖艶な女を演じる花沢の舞台を見てしまったからか、そういったごく普通のこととは無縁のような気がしていたのだ。

しかし、こうして居酒屋でおじさんメニューを食べることもあるし、女性と恋愛もする。花沢も自分と同じような悩みを持つと知ると、身近に感じた。

「花沢さんでも、そんなことがあるんですね」

「ええ。自分たちの気持ちだけでは、どうにもならないことってあるんですよね」

「もしかして、結婚のことですか？　歌舞伎の世界はよく知りませんが、婚姻一つとっても、一般の家庭とは違っていろいろ難しい面がありそうですよね」

花沢は、肯定も否定もしなかった。その代わり、自分のことをポツリポツリと話し始める。

「好きな人がね、いるんです。でも、その人とは別れてしまって……。どうして別れてしまったんだろうって、ずっと思っているんです」

「花沢さん……」

「ずっと一緒にいようって決めたのに、自分から突き放してしまったんですよ。相手のためを思って決心したのに、いつまでも吹っ切れなくて」

「そう、だったんですか」

市ヶ谷は、ビールに手を伸ばした。花沢が酔っているのがわかる。目許が赤くなっていて、目も少しトロンとしていた。

「市ヶ谷先生は？」

「まぁ、ちょっと喧嘩というか……。一応仲直りはしたんですが、それ以来ちょっとギクシャクというか。この歳になっても、難しいですよね。恋愛って」

「恋人、いるんですね。羨ましいな」

花沢は、まるで一輪だけ咲く水仙のような笑顔を見せた。古典芸能の世界に生まれたその日から、自由なんてなかったのかもしれない。生まれ落ちた瞬間から、その道に進むことを期待され、それに応えるべく芸を磨き続けてきたのだろう。

誰にも言えない孤独があったのかもしれない。

そんな花沢にこそ、その苦しみを分かち合える伴侶《はんりょ》が必要なのだろうと思った。

「もう一度連絡を取ってみたらどうです？」

「連絡は、したんですよ」

「そうなんですか。それで？」

「ヨリを戻したわけじゃないのに、頻繁に会うようになってしまって中途半端な状態が続いてます。わたしから別れを切り出したのに、身勝手な自分に呆れてますよ」

そういう気持ちはわからないでもない。市ヶ谷も自分の気持ちをコントロールすることの難しさは、知っている。

「いっそプロポーズしたらどうです？　その方とは、結婚はできないんですか？」

「無理ですよ。結婚は、絶対に無理です」

絶対にと言うほど、家のしきたりなどに縛られているのかと思うと、同情せずにはいられなかった。花沢がいまだ独身なのも、そういうわけなのかと想像する。市ヶ谷がのらりくらりとして婚期を逃したのとは、わけが違う。

「それにね、十七も年下なんですよ。自分に呆れます」

「でも、歳の差カップルなんていくらでもいるじゃないですか。芸能人でもすごく若い奥さんを貰う人っているし、それに花沢さんはとても若々しいですし」

「可愛い人なんですよ。ぞっこんでね。頭もよくって、頼りになる人です」

女性に対して「頼りになる」と男が言うのはめずらしいが、花沢ならあまり違和感はなかった。舞台に立つ花沢は、常にプレッシャーも抱えているだろう。だからこそ、本当に好きな人と結ばれるべきなのに、なぜ周りはそれを許さないのか不思議だった。

「普段はクールなんですよ。無愛想というか。それでよく誤解されるんですけど、本当はすごく情熱的なところもあって」

やはり酔っているのか、随分と自分のことを話してくれているような気がした。

いいや、それほど辛いのかもしれない。

二杯目のビールを空にした花沢は、今度は日本酒を注文した。市ヶ谷も二杯目はビールにせず、日本酒につき合うことにする。

「でも、わたしだけが知ってる癖なんかもあって……、それが、すごくおかしいんです」

「どんな癖なんです？」

頬杖をつき、「ふふ……」と目を細めて笑う花沢は、市ヶ谷から見ても美しかった。どれだけ相手を好きなのかが、よくわかる。

「物にね、名前をつけるんです」

「え……」

「誰にも知られないようにしてるから、わたししか知らないんですけど、気に入ったものに名前をつけてるんです。子供みたいでしょう……？」

市ヶ谷は、声が出なかった。

当然相手は女性だと思って話をしていたが、それが思い込みだったことに気づかされる。先ほど、花沢が言っていた「自分の気持ちではどうにもならないこと」が結婚のことかと聞いた時は、肯定も否定もしなかった。

織田が、花沢の元恋人だという可能性——。

ここ最近の織田の態度を思い出すと、辻褄《つじつま》が合う。

織田は、最近ずっと様子がおかしかった。花沢のことを悪く言ったかと思えば、市ヶ谷に対して罪の意識を抱いているような顔をすることも多かった。

しかも、十七歳という年齢差。

織田は三十一だ。ただの偶然にしてはできすぎている。

「向こうもわかってるんですよ。このままじゃいけないって思ってるみたいなんです。もしかしたら、新しい恋人ができたのかもしれない。でも、誘いには乗ってくれるし、情熱的なキスも……。いつもすまなそうな顔をするのがわたしも辛いんです」

鼓動が大きくなっていき、返事すらまともにできないまま、花沢の話に耳を傾けた。

「あなただから言いますけど、実は……認められにくい関係というか、いろいろあるでしょう？　家同士の問題なんかで、お互い好きでも別れなきゃならないことって」

家柄のことを例に挙げているが、それは違う。

二人が別れたのは、男同士だからだ。ごく一般的な仕事をしている市ヶ谷ですら、大きな障害になる。特に歌舞伎界で有名な花沢なら、隠し通すことは難しいだろう。

そして、想いを貫くことも……。

絶対に結婚できないと断言した理由にも頷ける。

「わたしも迷ってるんです。自分の気持ちに素直になるべきなのかどうか。一度自分から突き放しておいて、都合がいいってわかってるんです。でも、会うとどうしても気持ちが止められなくて、舞台中にもかかわらず何度も会ってしまって……」

酔った勢いで次々とぶちまけると、花沢はそのまま壁に寄りかかった体勢で寝てしまった。

「花沢さん……?」

声をかけても、返事はない。

こんなふうに酔いつぶれるなんて、よほど思い悩んでいたのだろうと、端正な寝顔をじっと眺めた。織田が愛した人なのかと思うと胸が苦しくなり、今頃織田も同じような気持ちで花沢を想っているのかと想像する。

もし、織田が花沢の気持ちを知ってしまったら——。

市ヶ谷は顔をしかめ、どうしようもない胸の痛みを覚えるのだった。

## 5

花沢と居酒屋で飲んでから、五日が過ぎた。

あの日以来、毎日同じことばかり考えている。

織田が花沢の別れた恋人というのは間違いなく、ただの思いすごしだとは到底思えなかった。織田が花沢のことを悪く言っていたのは、自分が花沢と関係があったことを知られたくないからだ。だから、そういった話になるのを避けていたに違いない。

若いのに老舗和菓子店をよく知っているのも頷けるし、爺様先生たちが事務所のテレビで石川蝶十郎の舞台を観ていた時、強制的にテレビを消したのも納得できる。

そして、過去の関係を隠すのはまだ花沢に未練があるからだという思いに至った。

自分なら、昔つき合っていた人が目の前に現れても、昔の恋人だと言える。

(まだ、好きなのかい……?)

自分のマンションで、一人茶を飲みながらぼんやりとしていた市ヶ谷は、届きはしない質問を投げかけていた。仕事中も、何度織田の背中に問いかけただろう。この頃は、織田の背中を見るだけでも胸が締めつけられるように痛い。

織田は相変わらず様子がおかしく、それが市ヶ谷をより苦しめていた。態度に出すまいとしているようだが、隠してもわかる。多少軽口を叩いてみせる時もあるが、明らかに無理をしており、以前のように市ヶ谷をからかうことはなくなった。

これで何もないという方が、どうかしている。

思いきって市ヶ谷から切り出そうと何度も思ったが、喉まで出かかった言葉が声になることはなかった。結局、織田に届かない形でしか問いかけることができない。

何度心の中で問いかけても解決することはないのに、それでもやめられない。同じことの繰り返しで、一日が過ぎようとしている。

そしてふと、壁の時計を見上げて今頃何をしているのかと想像した。

『舞台中にもかかわらず何度も会ってしまって……』

花沢の言葉を思い出し、今も会っているかもしれないと心が締めつけられた。市ヶ谷に対する罪の意識に苛まれながらも、愛さずにはいられない男を抱き締めているかもしれない。

一度その様子を思い描いてしまうと、そうに違いないと思うようになってきて、心はどんどん醜くなっていく。

これほど強い嫉妬心を誰かに抱いたことがあっただろうか。

昔から温和な性格で出世欲もなく、我を忘れるほどの情熱的な恋愛も経験したことのない市ヶ谷にとって、今の状況は生まれて初めて経験するものだ。

しばらくじっと考え込んでいたが、部屋の中が段々と薄暗くなってきていることに気づき、市ヶ谷は照明をつけようと立ち上がった。

今日は朝から買い出しや洗濯などの雑用をしたが、午後になってからは何をしたのかよく覚えていない。本を読んだわけでもテレビを見ていたわけでもないのに、もう六時半を過ぎている。

（僕は、一日何をしてたんだ）

食欲はないが、何も食べないわけにはいかないと、気が進まないながらもキッチンに向かった。そして、冷蔵庫の中を覗いている時、チャイムが鳴る。

『俺です。開けてくれますか？』

「織田君？」

心臓が小さく跳ね、すぐにオートロックを解除した。

急にマンションを訪れるなんて、信じられない。けれども、恋人が会いに来てくれたという嬉しさはなかった。それよりも、もしかしたら別れ話を切り出されるかもしれないという思いの方が強く、逃げ出したいような気になる。

先ほどインターフォンから聞こえてきた織田の声が、どこか思いつめているようだったのも、そう考えてしまう理由の一つだ。

（どうしよう……）

冷静に話ができる自信はなく、市ヶ谷はただ戸惑うばかりだった。しかし、またすぐにインターフォンが鳴り、心の準備も整わないまま顔を見なければならなくなる。

市ヶ谷は、玄関の扉を開けた。

「織田君」

「先生」

今日は仕事が休みだったのに、織田はスーツを身につけており、俯き加減で眉をひそめて立っていた。なぜそんな顔をするのかと、不安はますます大きくなる。

何もなければ、こんな顔はしない。

「急に、どうしたんだい？　何か……」

「――先生……」

織田が玄関に入ってきたかと思うといきなり抱き締められ、市ヶ谷は腕の力の強さに息を詰まらせた。

「先生、すみません」

耳元で呟かれ、心臓が大きく跳ねる。

なぜ謝るのだろうかと、なぜそんなに辛そうにしているのかと思うが、聞くのが怖くて言葉が出ない。一度聞いてしまうと、知りたくないことを口にされそうな気がした。

織田が押し殺しているだろう花沢への想い――。

それ以外に、織田を苦しめるものがあるだろうか。

そして、市ヶ谷の考えを肯定するかのように、織田のスーツからふわりと移り香がした。

「……っ」

鼻を掠めたのは、白檀の香りだ。花沢が纏っているのと同じ匂い。

ああ……、と諦めに似た気持ちが湧き上がり、市ヶ谷はこの先待っているだろう織田との別れの予感に覚悟をした。

こんな風流な匂いを纏っている人間が、そういるとは思えない。織田は、ここに来る前に花沢に会っていたのだ。もしかしたら、抱き合っていたのかもしれない。

そして、ずっと裏切り続けていることへの罪の意識から、市ヶ谷のところに来てこうして謝罪しているのだろう。

(会ってきたんだね)

言葉にはしなかったが、市ヶ谷は織田に向かってそう問いかけていた。

(あの人と、会ってきたんだね)

答えなど聞かなくても、わかる。こうして辛そうに市ヶ谷を抱き締めているのが、何よりの証拠だ。現実から目を逸らすのは簡単だが、そんなことをしても結果が変わるわけではない。

織田は、昔の恋人をまだ想っている。

「すみません」

もう一度呟かれ、ゆっくりと躰が離れていくが、目が合うなり唇を奪われた。

「ん……っ」

本能的に逃げようとしたが、再びきつく抱き締められて身動きが取れなくなる。

さらに、躰に手を這わされると力が抜けてしまい、市ヶ谷は息をあげた。唇はすぐ下のホクロの辺りに移動し、市ヶ谷から理性を少しずつ奪っていく。織田との行為を知る躰は、たったそれだけで熱くなって求めてしまう。

「何……っ、……待……っ」

「先生」

織田は、確実に何かに追いつめられていた。まるで「助けてくれ」と訴えているかのように自分を求めてくる織田の態度に、切なさが込み上げてきた市ヶ谷は、自分から織田の躰に腕を回した。

「ぁ……っ」

捨てないでくれと訴えるように抱きつき、腕に力を籠める。織田がそれに応えて首筋に顔を埋めてくると、市ヶ谷は唇の間から熱い吐息を漏らした。

けれども、それは幸せに満ちたものとはほど遠く、悲しい喘《あえ》ぎだった。

年下の恋人が、苦しんでいるのがよくわかる。こうして市ヶ谷を抱くことにより、自分の気持ちを市ヶ谷に向けようとしているのかもしれない。

心はすでに花沢のものなのに、それでも自分から手を出してしまった申し訳なさからなんとか市ヶ谷に対する気持ちをもう一度再燃させようとしているに違いなかった。

しかし、努力では誰かを好きになる気持ちは変えられない。

それができるなら、市ヶ谷もこんなに苦しくなかっただろう。織田への想いを消し去り、快く本当に好きな人の元へ行くよう背中を押してやれたはずだ。けれども、織田への気持ちをコントロールできなくても、いつまでも自分に繋ぎ止めておくわけにはいかない。

市ヶ谷は、花沢の移り香が微かにする恋人の匂いを吸い込みながら覚悟を決めた。

最後だ。

これで、最後にする。

市ヶ谷は自分に言い聞かせ、自分の躰に織田の記憶を刻んでおこうというように積極的に躰を開いた。織田の心がここにはないとわかっていても、躰は正直で、織田の愛撫にいとも簡単に反応する。

「……っ、……ぁあ、……はぁ……っ」

床に押し倒され、織田の重みを受け止めることでその存在を感じた。女性とは違う。織田と知り合う前までは知らなかった感覚だ。質量のある男の躰。その下に組み敷かれただけで、女になれる。

「先生……っ」

硬く変化した織田の中心が、太股《ふともも》の辺りに当たっていた。

自分が相手でも、まだそこを硬くしてくれるのだと思うと嬉しかった。男なんて刺激されれば勃《た》つものだが、それでもいい。躰だけでも織田を悦ばせられるのなら、十分だなんて気持ちが湧き上がる。

「ぁあ……っ」

唇で首筋をついばまれた市ヶ谷は、喉を反り返らせながら唇をわななかせた。甘い痺れに見舞われ、織田の頭をかき抱く。織田の髪の毛が指の間をするりと通り、それだけでも声をあげそうなほど感じた。

「先生っ、……先生……っ」

何度も呼ばれていると、愛されている気がして夢中になれた。今だけだと、嘘に身を委《ゆだ》ねて求められるまま応じる。シャツの下に入り込んできた手に胸の突起を探り当てられると、市ヶ谷は身を捩って無意識のうちに逃げようとした。

しかし、それが織田の欲望を煽ってしまったようで、シャツをたくし上げられて直接突起に舌を這わされる。

「あ！」

思わず大きな声があがり、咄嗟に唇を噛んだが、執拗《しつよう》な愛撫に声を押し殺すことができなくなる。そこはジンジンとしてきて、痛みと甘い痺れに見舞われた市ヶ谷は、さらに強く唇を噛んだ。

「う……ん、……ふ……、……く、んっ、……ん、……織田、く……、――んっ」

声にならない、声。

啜り泣き、溺れ、夢中になる。どうしようもなく昂ぶってしまい、そんな自分が心底恨めしかった。

そして、織田が愛撫をやめて顔を上げる。

目が合い、自分の乱れた姿を見られているのかと思うと、なぜか申し訳ない気持ちでいっぱいになった。仕掛けてきたのは織田だが、その行動の裏には市ヶ谷に対する償いが感じられる。

詫びる気持ちが織田にこんな行動を取らせているのならやめるべきなのに、最後だなんて未練がましく縋《すが》りつかずにはいられないのだ。

見られたくなくて顔を背けると、ズボンの中に手が忍び込んできて、下着の中で硬く変化したものをぎゅっと握られた。さらに織田も自分のスラックスの前をくつろげ、屹立を取り出すなり、二人の屹立を握り込んで一緒に擦り始める。

「……っ、――ぁ……っ、待……っ、……織田く……、待……っ、……く」

髪の毛にキスをされながらそこを刺激され、市ヶ谷はあまりの快感に咽《むせ》び泣かずにはいられなかった。腰がひとりでに浮き、さらなる刺激を乞う。

こんなに浅ましく求めるなんて……、と自分をセーブしようとするが、そんな市ヶ谷を裏切るように、劣情は理性を侵食していった。

そしてくびれの部分に指が当たった瞬間、急激に高みがやってくる。

「……んっ、――んぁ……っ、――ぁあっ！」

次の瞬間、市ヶ谷は白濁を放っていた。

上りつめた躰は微かに震え、息が少しあがっている。絶頂を迎えたばかりの躰は神経が剝《む》き出しになったかのように敏感で、力も入らない。

「ごめ……、――ぁ」

身を起こそうとしたが、今自分が放ったものを塗り込められ、後ろを指で探られて市ヶ谷は息を詰めた。

「――っく、……は……っ、……痛ぅ……っ、……っく」

織田は、ここで終わるつもりはないらしい。

乱暴に中をかき回されて、市ヶ谷は苦痛の声を漏らした。すぐに指を二本に増やされて、顔をしかめる。しかし、それは思いやりのない行為とは違った。

獣じみた熱い吐息を漏らす織田は、市ヶ谷の肌をついばみ、吸い、時折歯を立てて愛撫を続けているのだ。これも、自分に詫びる気持ちの表れなのかと思うが、答えなど見つかるはずもなく、何もわからないままさらに溺れていく。

　後ろがほぐれてはしたなく織田の指に吸いつき始めると、屹立をあてがわれた。

「ぁ……っ、……ぁあっ、あっ、あっ！」

　熱の塊にジワジワと引き裂かれ、市ヶ谷は震えながら織田を受け入れていった。そして、半分ほど呑み込んだのを見計らうように、最奥まで深々と収められる。

「――ぁあっ！」

　熱い、猛《たけ》りだった。

　自分の中で雄々しく屹立したそれは、内側から市ヶ谷を圧迫する。思うように息ができずに苦しくなるが、それは甘い苦痛でもあった。

「はぁ……っ、ぁあっ、あ……」

　激しい抽挿《ちゅうそう》に、市ヶ谷は我を忘れて掠れた声をあげた。脚を広げ、もっとしてくれと、もっと織田の痕跡を残してくれとねだってしまう。行為が激しければ激しいほど、躰はそれに応え、悦びに打ち震えていた。

　心と躰が、剝離していく。

　この先のことも、花沢のことも、織田の本当の気持ちさえも考えたくないと、市ヶ谷は敢《あ》えて愉悦の中に身を投じることで忘れようとした。

「はぁ、……ぁあ、……そこ……、……織田、く……、……そこ」

言葉にしてねだると、その気持ちに応えるようにいっそう深々と貫かれる。

「好きです。先生が、……好きです」

言葉にすることで嘘を真実に変えようとしているのか、織田の切実な告白に、市ヶ谷は目頭が熱くなった。それでも、躰は震えるほどの快感を抱かずにはいられない。

津波のように押し寄せてくる快楽に溺れながらも、市ヶ谷は自分を突き上げる若い獣に心の中で訴えていた。

いいんだよ。

そんなふうに言わなくても、いいんだよ。

何度もそう繰り返し、この行為にのめり込んでいく。そして、次第に考える余裕はなくなっていき、市ヶ谷は獣のように織田を求め、深く求められた。


目を覚ました市ヶ谷は、自分のベッドに寝かされていることに気づいた。部屋の明かりは落とされており、静まり返っている。

時計を見ると、午後十時を過ぎていた。

酷く抱かれてしまったからか、躰にはまだ欲望の火種が燻《くすぶ》っており、身を起こす気力もなくぼんやりとしていた。しばらくそうして、ドアが開いて人の気配がする。

「……先生」

絞《しぼ》り出すような言い方に、市ヶ谷はある種の覚悟をした。

こんなに苦しそうな織田の声は、聞いたことがなかった。開けたままのドアからリビングの光が入ってきて、織田の表情に影を落としている。しかし、それはただ光だけのせいではないだろう。

その心にある罪の意識が、織田の表情を暗くしている。

「すみません。いきなり来て、先生に無理をさせて」

市ヶ谷は目を閉じた。こうして同じ空間にいるだけでも、切なくなるほどいとおしさを感じる。今までのらりくらりと生きてきたが、そんな市ヶ谷に情熱的な気持ちがあるのだと教えてくれた男だ。

縋りつきたい気持ちもあったが、これ以上織田を苦しめる人間でありたくなかった。

「いいんだよ。でも……こういうことは、最後にしよう」

本当はこんなことは言いたくないが、織田のために自分から切り出さねばと必死で言葉にする。

「織田君は、相手を……間違ってるんじゃないかい？」

「！」

めずらしく、織田の表情に動揺の色が浮かんだ。それがとても辛く、市ヶ谷は寝返りを打って織田の表情を見ないで済むよう、背中を向ける。

「こういうことをする相手は、僕じゃないだろう？」

「先生……」

織田が何か言おうとしているのがわかった。しかし、これ以上織田と話をする気持ちにはなれない。

別れたくないと言い出してしまいそうで、怖かった。みっともなく、泣いて懇願してしまいそうだ。一度そんなことを口にしてしまうと気持ちが止められず、先に手を出したのは君じゃないかと脅迫めいた言葉をぶつけてしまう気さえする。

ひと回り近くも年上の自分が、そんなふうに縋ることだけは避けたかった。

終わりくらいきれいに別れたい。せめて織田が自分を思い出す時は、穏やかな気持ちでいられる相手でいたい。

「知ってるんだ。君が、さっきまで誰のところにいたのか、知ってるんだよ」

そう口にした途端、織田が息を呑んだのがわかった。

どんな顔をしているのか、大体想像はつく。

花沢に対する気持ちを見破られ、すまなそうに眉をひそめていることだろう。自分から手を出しておいて、昔の恋人と再会した途端、殺していた想いを再燃させてしまったのだ。

織田の心には、ゲイではなかった男を抱いてしまったことへの罪悪感があるのは明らかだった。

確かに、一緒に渓流釣りに行った時に、織田がキスをしなければ市ヶ谷は自分の気持ちに気づかなかっただろう。そういう意味では織田は、罪深いことをしてしまったのかもしれない。

けれども、それは誰のせいでもない。人の感情とは、そういうものなのだ。

市ヶ谷は自分に何度も言い聞かせ、大人の別れ方をしようと別れの言葉を口にする。

「もう、終わりにしよう」

「先生」

「僕が、そうしたいんだよ。だから、花沢さんのところに行ってくれ」

精一杯の虚勢だった。これで、きっと織田の記憶の中には、罪の意識は残っても思い出したくない相手にはならないだろう。

少なくとも、醜悪な姿が記憶に残ることはない。

「……すみません」

罪悪感に満ちた織田の声がして、市ヶ谷は目頭が熱くなるのを感じた。

決定的だ。

そして、まだどこかで花沢とのことが自分の思いすごしである可能性に期待していたと気づかされる。実は市ヶ谷には想像もつかない理由があって、内緒で会わなければならなかっただけだと、思いも寄らぬ話を切り出されるのではとどこかで期待していたのだ。

本当に馬鹿だと思う。

「いいから、もう行ってくれ」

「わかりました。事務所も、辞めます。こんなことをして、さすがにお世話になり続けるのは申し訳ないですし」

胸が、痛かった。

もう会えなくなるのかと思うと、身を引き裂かれる思いがした。だが、織田の言う通りにすることが、自然に思える。

「そうだね。僕もその方が、都合がいいよ」

「じゃあ、次の補助者の方が見つかるまで……」

「大丈夫だよ。今、手をつけている仕事を終わらせてもらえれば、後はどうにでもなるから」

織田は迷っていたようだが、市ヶ谷がそう言うなら従う方がいいと思ったらしく、「わかりました」とだけ言ってから部屋を出ていった。

言えた。

一人になった市ヶ谷は、心底胸を撫で下ろした。

自分から織田を解放してやれたのが、救いだ。泣いて縋るような真似をしなかっただけでも、本当によかったと思う。

ドアの向こうで玄関の扉が閉まる音が聞こえてくると、市ヶ谷は再びゆっくりと目を閉じて心の中で静かに織田に言った。

さようなら、と……。


結局、織田が事務所を辞めたのは、二週間後だった。

やはり織田が抜ける穴は大きく、次の補助者を見つけてからでなければ退職は無理だとわかった市ヶ谷は、結婚退職した佐々木に連絡を取り、時間のある時だけでも手伝いに来てもらえないかと頼んだのだ。

そろそろ新しい生活にも慣れ、パートに出ようと思っていた矢先に妊娠が発覚し、履歴書は書いただけで使うことなく働きに出るのは諦めたのだという。そういうことならと電話を切ろうとした市ヶ谷に、彼女はぜひアルバイトをさせてくれと言ってきた。安定期も過ぎた今、多少躰を動かした方がいいと医者にも勧められていると言われ、その言葉に甘えて事務所に来てもらうことになった。

ちょうど仕事が一段落する時期だったのも、よかったのかもしれない。一年で一番忙しい二月三月辺りだと、こうはいかなかっただろう。

午前中のノルマを片づけた市ヶ谷は、佐々木に留守番を頼み、川で釣り糸を垂らしていた。こうしてのんびりできるのも、彼女のおかげだ。

風が吹いて水面に小さな波が立つたびにオレンジ色の浮きが揺れるのをじっと眺めながら、ぼんやりと物思いに耽る。

（本当にいなくなったんだな……）

あの時、別れたくないと言えば、少しは何か変わっただろうかと考えるが、それを否定するかのように花沢のことを思い出してしまう。だが、地味でこれと言って取り柄のない自分が、あれほどの人に敵《かな》うわけがないと思い、これでよかったんだと言い聞かせた。

みっともなく縋りつかないでいられただけでよかったじゃないかと……。

「先生っ」

「あ、佐々木さん」

呼ばれて振り向くと、佐々木が事務所の方から歩いてくるのが見えた。少し腹が大きい気がするが、まだ妊婦とわかるほどではない。

彼女は市ヶ谷のすぐ近くまでくると、ゆったりとした動作で隣に腰を下ろす。

「先生、またお仕事サボってるんですか?」

「昼休みだけだよ」

「もう終わってます」

「えっ、もうかい?」

市ヶ谷が時計を見ると、佐々木はクスクスと笑った。

相変わらずのんびりとした性格はお互い様で、彼女と並んで座っているとますます仕事に戻る気にはなれず、仕事を再開せねばと思いながらもなかなか腰が上がらない。

「ところで、何か釣れたんですか?」

「う〜ん、駄目だね」

バケツの中には、水しか入っていなかった。太陽の光を反射して、キラキラしている。紅葉も美しく、水面に映る街路樹の葉は赤く染まっていた。

「ごめんよ。身重の君に来てもらって」

「いいんです。子供が生まれる前にもう少し貯金をしておきたかったんですけど、レジのパートは立ちっぱなしで大変だから……。先生に声をかけてもらって助かってます。それに、もう安定期に入ってるから、躰は大丈夫なんですよ」

「そうなのかい？　でも、無理はしちゃ駄目だよ。ちょっとでも体調に変化があったら、休んでいいからね」

「はい。先生だったら気兼ねなく言えますし、楽しく仕事もできます」

「そう言ってくれると嬉しいよ。佐々木さんは、相変わらず優しいなぁ」

うふふ、と笑う彼女を見て、少しだけ胸の痛みが癒える気がした。小さな命を宿した躰は市ヶ谷よりも華奢《きゃしゃ》で、男が守ってやらなければならない存在だと思えるが、同時に守ってもらっているような安堵感に包まれた。

「あ、先生。お魚かかってません？」

「え？　あ、本当だ」

ぼんやりしていて気づかなかったが、慌てて竿を上げると魚の姿が見えた。しかし、喰いが浅かったようで、手元に引き寄せている最中に針が外れ、ポチャンと音を立てて水の中に落ちてしまう。

「あ……」

「あ。逃げちゃいましたね」

魚の姿は、すぐに見えなくなった。水面に輪の模様が残っているだけで、もうどこを泳いでいるのかもわからなかった。

そして、逃げた魚に失ってしまった織田の姿を重ねて寂しい気持ちになる。

「先生……？　どうかしたんですか？」

「え？」

彼女の方を見た瞬間、目から涙が零れた。自分でも気づかないうちに、涙をためていたのだ。慌てて指で拭うが、また溢れてくる。

「あれ」

自分でも驚きだった。どうして急に涙が出てきたのかわからず、慌ててハンカチを探すがポケットにはなかった。すると、花柄のハンカチが目の前に差し出され、優しく笑う佐々木と目が合う。

遠慮なく受け取ると、彼女は再び目の前を流れる川の方に視線をやった。

「ごめんよ。中年のおじさんが女の子の前で泣くなんて……」

「いいえ。男の人は、なかなか泣けないですから、たまにはいいです」

お腹に子供を宿した彼女だからか、年下とは思えない包容力を感じた。子供のような気持ちになり、涙を見られたのが彼女でよかったと思った。

彼女が相手なら、情けない姿を見られても構わないという気分になる。

「佐々木さんは、すごいよね」

「どうしてですか？」

「もう、すっかりお母さんだね。お腹に赤ちゃんがいると、女の人はすごく大きな存在になれるみたいだ。きっと生まれてくる子供は、すごく幸せだろうね」

「先生がそう言ってくれると、ちょっと自信が湧いてきます」

「ねぇ、寒くないかい？」

「はい、大丈夫です」

浮きは先ほどより少し川下の方に流されていて、糸がピンと張ってしまい不自然な動きをしていた。これでは魚はかからないと思うが、そのままにしておくことにする。

「ハヤは佃煮《つくだに》にすると美味しいですよね」

「うん、そうだね」

「カルシウムも取れるし。あ、そうだ。妊娠するとカルシウム不足になりがちになるんですよ。だから小魚をたくさん食べた方がいいんですって」

「じゃあ、ハヤが釣れたら、佃煮にしてあげるよ」

「期待しないで待ってます」

わざとそんなふうに言ってみせる彼女に思わず笑い、ぐす、と鼻を啜った。

優しく包み込むような佐々木と話していると自然に涙は止まり、少しだけ気分が晴れる。

「先生にもいいお嫁さんが見つかるといいですね」

「そうだね。誰かいないかな」

「きっと、いつか素敵な人が現れます。先生のような人がずっと一人なわけがないです。先

生のことをわかってくれる人が、必ず現れます」

「そうかな？」

「はい」

優しい口調で断言されると、信じてみようという気にさせられた。

いつか、傷が癒える時が来るだろうか。

忘れるなんてできないが、いつかいい想い出として懐かしさに微笑みながら織田のことを思い出すことができるのだろうか。

「よし。そろそろ仕事に戻ろうかな」

「そうですね。お魚、釣れそうにないし」

「あははは……。そうだね。次はがんばるよ」

道具を片づけて釣り竿を畳んだ市ヶ谷は、佐々木と一緒にのらりくらりと歩き出した。

「あ、そういえば先生が買ってきてくださった栗《くり》きんとん、美味しかったです」

「そうかい？　だったらまた買ってきてあげるよ。そうだ、旦那《だんな》さんにも持って帰るといい。甘いものは好きなのかい？」

「はい。甘党なので、二人でよく食べます」

「じゃあ、二つずつ包んであげるね」

「わ、嬉しいです」

彼女の笑顔を見ていると、少しだけ前向きになれる気がした。

仕事をがんばろうと思った。

しばらく仕事を必死でがんばって、織田のことを忘れようと。きっとそうしているうちに、いい想い出として織田を思い出せるようになる。

そう信じて、市ヶ谷は事務所までの道のりをゆっくりと歩いた。


市ヶ谷の身辺で、不審な出来事が起き始めたのは、十二月に入ってのことだった。

佐々木もお腹が目立ってくるようになり、出勤も午後からになることが増えてきてそのぶん市ヶ谷も忙しくなっていた。そろそろ新しい補助者を本格的に探し始めなければならないが、まだ織田に未練があるのか、なかなか行動に移すことができない。武山をはじめ、他の先生方も心配して誰か紹介しようかと言ってくれたが、なかなか腰が上がらなかった。

しかし、仕事に追われていると考える時間が少なくて、織田のことを考えずに済むという利点もあり、ズルズルと先延ばしにしている。

(疲れたな)

マンションに帰ってきた市ヶ谷は、鞄の中から部屋の鍵《かぎ》を取り出して玄関の扉を開けた。腕時計で時間を確認すると、十二時を過ぎている。今日も遅くなってしまったと、ダラダラと靴を脱ぎ、疲れた躰を引きずるようにして部屋に入った。そして、照明をつけたところで目の前の光景に硬直する。

「――っ」

部屋が荒らされていた。

引き出しはすべて開けられており、中身があちこちらに散乱している。急いでベッドルームに向かったが、クローゼットの扉は開けっぱなしで衣類はほとんど取り出され、ベッドもマットレスがずれている。

金目の物を物色したのは、一目瞭然《りょうぜん》だった。

「嘘だろう」

疲れて帰ってきたところへこの惨状を目にした市ヶ谷は、さらにドッと疲れが出てきてコンビニの袋を床に置いた。何が盗られたのかを心配するより先に、これらの物を片づけなければならないのかという憂鬱《ゆううつ》な思いに襲われる。

しばらく呆然《ぼうぜん》と立ち尽くしていたが、少し経つとようやく動き出す余裕が出てきて、何か盗られたものはないかと、通帳をしまってあるクローゼットの中を覗いた。やはり空き巣には、この程度の隠し場所は想像がつくのだろう。クリアケースは開いた状態で床に落ちていて、通帳もそこに捨てられていた。

なくなっていたのが現金だけだったのが、不幸中の幸いといったところだろうか。

足がつかないよう、空き巣は通帳類に手はつけないものだと聞いたことがある。

「あ、警察に連絡しないと……」

初めての経験のためいろいろ触ってしまったが、よかっただろうかと思いながらリビングに戻って電話の子機を手に取る。こういう場合は一一〇番通報すべきなのか最寄りの警察署に電話をすべきなのか迷い、緊急性から考えて警察署の方でいいだろうと電話帳を探した。

だが、いつもの場所にはなく、キッチンのシンクの中に食器とともに半分水に浸かった状態で放置されている。どうしてわざわざこんなことをするのかと、さらに憂鬱になった。

もしかしたら、金目の物が少なかった腹いせかもしれない。

以前、この近所でそういったことが原因で小火《ぼや》が出たことがあった。

電話帳は諦め、一一〇番通報する。

しかし、その時だった。

「——っ」

風呂場《ふろば》の方で物音がしたかと思うと、中から男が飛び出してきた。目出し帽を被っており、手には軍手をしている。

「——ぐ……っ」

背中をしたたか壁にぶつけ、一瞬息ができなくなったかと思うと頬を熱いものが走った。勢いあまって手放してしまった子機は、床に落ちて転がる。

(空き巣……っ⁉)

まだ部屋の中に身を潜めていたなんて予想だにせず、市ヶ谷は急いで逃げようと玄関に向かった。しかし、落ちていた衣類に足を取られて廊下で躓《つまず》いてしまう。

すぐに身を起こしたが、男は市ヶ谷にのしかかってきて右手を振りかざした。先ほどは気づかなかったが、手には小型のナイフを握っている。

(——殺される……っ)

市ヶ谷は必死で抵抗した。

頼むから、追いかけたりしないから逃げてくれと何度も願う。男も、はじめから人を殺すつもりで侵入してきたわけではないだろう。部屋を物色している間に市ヶ谷が帰ってきて、逃げ場を失って追いつめられての凶行だ。今なら逃げられるとなぜ気づかないのかと思うが、理性を失った相手にそんなことを期待しても無駄だと思い知らされる。

目出し帽から覗く目は大きく、血走っているように見えた。

殺意を感じる目だ。

「助け……っ、……っく」

ナイフを振り下ろされ、手首を摑んで阻止するが、そう長くもちそうにない。

「だ、誰か……っ、誰かっ」

市ヶ谷は、必死で叫んだ。

「──泥棒ぉ……っ！」

隣の住人が気づいてくれないかと叫ぶと、エレベーターホールの方から人の足音が聞こえてきて、市ヶ谷の部屋の方に向かってくる。

「誰か……っ、──ぐぅ……っ」

鳩尾《みぞおち》に拳を叩き込まれ、怯《ひる》んだ隙に男はリビングへと逃げていった。そして、窓を開けてベランダに飛び出す。どうやらそこから非常階段の方へ飛び移ったようだ。

侵入経路もそこに違いない。

「……っ、──げほげほ……っ、げほ……っ」

鳩尾への一発のおかげですぐに立ち上がることができず、床に這いつくばるような格好で何度も咳《せ》き込んだ。そうしている間に足音は市ヶ谷の部屋の前を通り過ぎて、二つ隣の部屋のドアが開閉する音が聞こえる。

タイミングよくこの時間に帰宅してくれて助かった。運がよかったことに、心底感謝する。

「はぁ……っ、……はぁ」

ようやく楽に呼吸ができるようになり、市ヶ谷は落ちている電話の子機を拾った。充電池の蓋が取れ、プラスチックの部分が欠けている。

それから市ヶ谷は警察に通報し、すぐに来てもらうことになった。待っている間に少しずつ落ち着きを取り戻し、ふと頬の違和感に気づく。

「……っ」

そこに手をやると、血がべっとりとついた。

先ほど頬を掠めた熱いものは、どうやらナイフだったようだ。痛みはまったくないが、今は襲われたばかりで気分が高揚しているからだろう。

洗面台の鏡で傷を確認し、洗ったばかりのタオルで傷を押さえながらよろよろとリビングに戻ってソファーに座った。血を見て目眩を起こすなんて初めてのことだ。

それから十分ほどしただろうか。最寄《もよ》りの交番から来た警察官がエントランスのチャイムを鳴らした。

もしかしたら、先ほどの空き巣が証拠を消しに戻ってきたのではないかなんて想像してしまうが、二人組で制服も着ており、モニターに警察手帳を掲げられてロックを解除する。

玄関のチャイムが鳴るより先に覗き窓から外の様子を窺《うかが》い、警察官たちがチャイムを鳴らすのと同時にドアを開ける。

「あ、どうも。空き巣と伺ったんですが、今警察署の方からこちらへ向かっているところでして、先に我々が……」

一人は太めの中年で、もう一人は二十代半ばの青年だ。

「こりゃひどいですなぁ」

年配の警察官は玄関先から部屋の奥を覗きながら言った。そして、頬を押さえているタオルの血に気づいて顔を覗き込んでくる。

「そのケガは？」

「相手がナイフを持ってて、揉み合いになりました」

「大丈夫ですか？　ちょっと見せてください。あ～、結構深いですねぇ。病院に行った方がいいですな。気分は悪くないですか？」

「はい、大丈夫です」

話していると、警察署から来た刑事が合流し、すぐに鑑識が入って部屋に犯人の指紋等が残されていないか、証拠の採取を始める。刑事の配慮から、市ヶ谷はとりあえず衣服の提出だけ行い、パトカーで病院まで送り届けてもらう途中、車内で事情を聞かれることになった。

落ち着いてきたからか、次第に傷が疼き出す。

部屋に入ってからこれまでのことを事細かに聞かれるが、覚えていないことも多く、人間の記憶がこれほど曖昧《あいまい》なものだったのかと驚かずにはいられなかった。また、目出し帽を被っていたため人相についてはまったく不明で、体格についてもわかることは少ない。いきなり襲われたため、おおよその身長も答えることはできず、痩せても太ってもいない程度のことしかわからない。

「すみません」

「いえ。当然のことですから、気になさらないでください。あ、着きましたよ」

病院に到着した市ヶ谷は、すぐに急患専用の出入口から中に入り、医師に傷の状態を診《み》てもらった。傷は思ったより深く、局部麻酔をして吻合《ふんごう》することになる。

まさかそんなに酷いケガだとは思わず、戸惑いながらも看護師に言われるまま処置室に連れていかれ、治療を受けた。

一時間ほどかかっただろうか。治療をした後に指紋の採取を行い、看護師から薬の説明を受けてようやく帰ることになる。

「ケガをされてるのにすみませんね。実はまだ、鑑識が証拠の採取を行っているところです。ベランダの窓が割られてまして、そこから手を突っ込んで鍵を開けたようです」

「そうでしたか。今日はホテルに泊まろうと思ってるんですが」

「それがいいでしょう。送ります」

市ヶ谷は、刑事と一緒に一度マンションに戻った。そして、最低限必要な物だけを持ち出し、タクシーを使ってホテルに向かう。

ホテルの部屋に着いてベッドに座ると、立ち上がる気力はなくなっていた。時間は、夜中の三時を回っている。

とんでもない夜だった。

シャワーを浴びなければと思うが、次第に痛みが増してくるような気がして、ベッドに横になった。そこでようやく、夕飯を食べていなかったことに気づく。

空腹感はあるが、食欲は湧かない。今食べると吐きそうだ。

「はぁ」

ふいに織田のことを思い出し、会いたくなった。もし織田がいたら、なんて言っただろうと想像してしまい、男のくせに何を甘えたことを考えているんだと嗤《わら》った。これほど身の危険を感じる体験をしたことはなかったが、自分が女々しく思えてきて情けなくなる。

それでも考えずにはいられず、再び織田のことを考えてしまう。

(君は今、幸せなのかい……?)

花沢との関係を修復しただろう相手に聞いても、答えは一つだ。あまりに情けない自分を嗤い、そのうちいいことがあるさ……、と自分を勇気づけて起き上がり、シャワーを浴びて寝ることにする。

しかし、それだけでは終わらなかった。

空き巣に入られた五日後、市ヶ谷はまたもや災難に見舞われたのだ。

バイクに接触されてケガをしたのは、仕事が終わってマンションに帰ろうと夜道を歩いていた時のことだ。すごい勢いで走ってきたバイクをよけようとしたのだが、トレンチコートを着ていたため、よけきれず袖《そで》の装飾ベルトがバイクの金具部分に引っかかって数メートル引きずられてしまったのである。しかも、ドライバーはそのまま走り去ってしまった。

辛うじて骨折はしなかったものの、次の日には自分でも驚くほどのグロテスクな青痣《あおあざ》ができていた。

また、横断歩道で信号待ちしている時に人波に押されて道路に弾き出され、危うく車に撥《は》ねられそうになったのはその三日後のことで、さすがにお祓《はら》いをすべきかと思ったのも仕方のないことだろう。

立て続けに起きる不運な出来事に、追い討ちをかけられたような気分になったのは言うまでもない。


市ヶ谷の事務所が、久々に賑《にぎ》わっていた。

もちろん、集まっているのは司法書士仲間の爺様先生だ。みんな応接セットの周りに集まってワイワイ楽しんでいる。このところ災難続きで市ヶ谷が落ち込んでいると聞きつけてみんなでやってきたのだ。

能天気に世間話をしている先生たちを見て、市ヶ谷も久々に明るい気分になる。

「すまんのう。急に事務所を辞めるなんて、迷惑じゃったろう?」

「いえ、気になさらないでください」

「しかし、あやつはわしにな〜んも言わんと、ほんに困った奴じゃ」

織田の祖父である武山先生は、今回織田が急に退職したことを随分と気にしていた。もうほとんど隠居している状態で、仕事の量も控えているが、市ヶ谷がこなしきれない仕事を手伝ってくれている。

それだけでも十分助かっており、織田がいなくてもなんとかなっていた。

「しかし、怖いのう。空き巣の方は見つからんかったんか?」

「はい。僕の衣服に髪の毛が付着してたみたいなんですけど、前科がなくて、特定できないみたいです。前科がないってことは、犯人の物じゃない可能性もあるって言われて」

「顔の方もまだ痛むじゃろう」

「いえ。もう痛みはあまりないです。傷もほとんど残らないみたいです」

「若いからのう。回復が早いのはええこっちゃ」

四十一は決して若くはないと思うが、ここの先生の中にいると若者扱いされるため、市ヶ谷は思わず笑った。こうして少しずつ、心から笑えることが増えてくればいいと思う。

「先生、お茶入りましたよ。どうぞ〜」

佐々木が茶を運んでくると、爺様先生たちは嬉しそうに顔をほころばせる。

「ありがたいありがたい」

「おお、すまんの～。お腹の赤ん坊は元気かや?」

「はい。先生たちの笑い声も聞こえてるみたい。今日はご機嫌なんですよ」

「そうかそうか。そいつはよかった」

しわくちゃの手を伸ばし、みんなで佐々木のお腹をさすり始めた。こういう光景を見ていると、心が和む。彼女が出産して子供を連れてきたら、きっと本当の孫のように可愛がるだろう。

その時、事務所の電話が鳴った。

「あ、私が……」

佐々木がすぐに電話を取り、そして保留にすると受話器を両手で持ったまま市ヶ谷の方に差し出す。

「先生、花沢さんという方からお電話です」

「花沢さんから?」

ドキッとした。

まさか、花沢から電話がかかってくるとは思わず、すぐに反応することができずに硬直してしまう。織田の姿が、脳裏をよぎった。

「おおっ、蝶十郎はんから電話となâ‼? 羨しかの〜」

「よっ、有田屋っ」

盛り上がる爺様先生たちの声になんとか我に返り、市ヶ谷は立ち上がって彼女から受話器を受け取った。

「はい、お電話替わりました、市ヶ谷です」

『こんにちは。お仕事中にすみません』

花沢の声を聞いて、心が痛まないわけがない。こうしてみんなの中にいると忘れたように感じるが、市ヶ谷の心にできた傷は癒えてはいなかった。まだ、織田を想う気持ちは、はっきりと存在している。

電話などかけてこないでくれと言えたら、どんなにいいか……。

「どうかされたんですか?」

『実は来春三月に開催される公演のチケットがありましてね。お送りしようと思って』

「え、でもそんな……。この前も招待していただきましたし」

『酔いつぶれてしまった時のお詫びです。すみません。タクシーを呼んで酔ったわたしを送り届けてくださって。ご迷惑だったでしょう?』

「いえ、そんな」

『よろしければ、司法書士仲間の先生方もご一緒に』

どうしようか迷ったが、爺様先生たちが「有田屋さん、有田屋さん」と言って盛り上がっており、それは受話器を通して花沢に聞こえているのは間違いない。ここで断るのは不自然すぎると思い、あまり気は進まなかったが、チケットを受け取ることにする。

「じゃあ、お言葉に甘えていいですか?」

『ええ。よかったら食事でも』

「え……」

『そんなに構えなくても、今度は酔いつぶれてご迷惑をかけたりしませんよ。もう、そんな必要もなくなったので、どうか安心してください』

「そ、そうですか」

それは、花沢と織田がヨリを戻したことを意味するものだ。心なしか声が弾んでいるような気がしていたが、やはりそうだったのかと気持ちが沈んでいく。そして、織田は自分と関係があったことを花沢に伝えてはいないのだとわかり、複雑な気分になった。

では、関係を持ってしまったことを言って欲しかったのかと自問し、なんて嫌な男だろうと思う。もし、逆の立場なら、自分と別れている間に恋人が別の誰かと深い仲になっていたら、いい気はしない。

そうまでして己の存在をアピールしたいのかと、自分を責めた。

(この方がいいじゃないか……)

何事もなかったように振る舞うべきだと、市ヶ谷はつとめて明るい声をあげた。

「じゃあ、今晩会いましょう。直接チケットをいただいていいですか?」

『ええ。もちろんです。隠れ家にしている家がありましてね、そちらにご招待したいんですけど。住所を言いますね』

花沢が指定したのは、本人が所有する一戸建ての別宅だった。市ヶ谷の事務所からは少しあるが、住所を書き留めて電話を切る。

その日の仕事を終えた市ヶ谷は、花沢の別宅にタクシーを走らせた。

教えられた花沢の別宅は純和風で、外観はちょっとした料亭といった感じだった。チャイムを鳴らすと、中から着物に身を包んだ花沢が出てくる。やはり歌舞伎役者だけあり、こういう格好がよく似合っていた。

「こんばんは」

「いらっしゃい。中へどうぞ」

てっきり家政婦が出てくるのかと思っていた市ヶ谷は、戸惑いつつも花沢の後に続いた。

「あの、お一人ですか?」

「ええ。人を置くのは嫌いでね」

中に入ると、手入れのされた庭が市ヶ谷を迎える。剪定《せんてい》された庭木は、純和風の佇まいの屋敷を奥ゆかしく飾っている。美しい庭だ。

しかし、同時に寂しい場所だと感じた。人が生活する場所ではない。別宅として使っているとはいえ、ここで寝泊まりしているなんて寂しくはないのかと思う。

「こちらでお待ちください。お酒を持ってきますね」

「あ、どうかお構いなく」

部屋に通された市ヶ谷は、座布団の上に正座をして、周りを見回した。明かりはついているが、やはりどこか陰を感じる場所だった。寒く感じるのは、単に気温のせいではないらしい。

しばらくすると、花沢が徳利と猪口《ちょこ》の載った膳を持って戻ってくる。

「どうぞ」

「あの……」

「飲むでしょう?」

なぜか急に不安になった。食事でもどうかと誘われたはずだが、用意していたのは酒だけだ。急に家政婦が来られなくなったなどという、特別な理由があるわけでもなさそうで、かと言って花沢がこれから料理の腕を振るうとも思えない。

花沢は市ヶ谷など眼中にないように手酌で酒をつぐと、自分だけ先に飲み始める。

「あなたは、相変わらずだ」

「え……?」

「本当に善良な人だ。憎らしいくらいにね」

微笑を浮かべているが、どこか恐ろしさを感じる笑みだった。まるで、何か魔物にでも取り憑《つ》かれてしまったかのようだ。

この家の雰囲気と相まって、花沢が異形の者に見えてくる。

現代社会にそんなものがいるとは思えないが、ここが純和風の家だからか、別の世界に迷い込んだような気分になっていた。

花沢の舞台を見たのも、その理由の一つだろう。

「なんの取り柄もない、ただの男じゃないか。どうしてわたしがそんな男に負けなきゃならないんだ。意味がわからない。意味がわからない」

意味がわからないのは、市ヶ谷の方だ。

「あの……何も食べずに飲むのは、躰に悪いんじゃ……」

声をかけると、視線だけチラリと上げてまた嗤う。ぞっとするような冷たい笑みに、市ヶ谷はいつしかここから逃げなければと思うようになっていた。そうしなければ、とんでもないことになる。

「そういうところが、わたしをイラつかせるんですよ」

花沢はゆらりと立ち上がり、猪口が畳の上に落ちた。市ヶ谷を見下ろす花沢の目は、まるで蛇のそれのように冷たく、身動きが取れない。

「どうしてだ？　どうして、こんな男にわたしが負けるんだ。こんな屈辱は味わったことがない」

「花沢さん」

「わたしをコケにしてくれた罰を受けてもらわねば……」

二つあった徳利の一つを手に取った花沢は、いきなりその中身を市ヶ谷に浴びせた。

「ぅわ……っ」

中身が飛び散ったかと思うと、顔を覆った手に痛みが走った。ただの酒ではなく、薬品のようだ。刺激臭がして、その匂いを思いきり吸い込んだ市ヶ谷は激しく咳き込む。

突然のことに驚いて花沢を見ると、徳利を手にしたまま市ヶ谷にのしかかってきた。

「──っく、……花沢さん……っ、やめてください！」

畳の上に押し倒され、馬乗りになられた市ヶ谷は必死で抵抗した。すごい力だ。

この細身の男がこんな力を出せるなんてと、驚かずにはいられない。

「よくもわたしをコケにしてくれたな！」

「やめてくださいっ！　花沢さん、落ち着いてください……っ」

花沢が市ヶ谷の顔を狙っているのはわかった。目に入れば、失明する可能性もあると思い、必死で徳利を持った手を摑んで抵抗する。

「──ぅ……っ」

零れた中身が、スーツの生地に染み込んだ。花沢の手にもかかっているが、痛みを感じているようには見えない。

花沢は、本当に取り憑かれているのだ。憎しみという魔に、心を支配されている。

（誰か……っ）

市ヶ谷は、助けを求めた。その脳裏に浮かぶのは、織田の姿だった。

しかし、織田はいない。織田は市ヶ谷の元を去り、花沢のところへ帰ったはずだ。それならなぜ、花沢はこんなふうに市ヶ谷に憎しみをぶつけるのだろうか。

何もわからず、ただただ混乱する。

しかしその時、まるで市ヶ谷の心の声を聞きつけたかのように廊下を走ってくる足音が聞こえたかと思うと、障子が勢いよく開いた。

「何してるんです！」

市ヶ谷に馬乗りになっていた花沢の躰が引きはがされ、ようやく自由になる。

「放せ……っ」

「――っく！」

薬品の入った徳利を織田が奪った瞬間、肌が焼けるような匂いがする。徳利は庭に放り投げられて、割れた。

「いい加減にしてください！」

「わたしをコケにした男を許せって言うのか！」

静かな夜の空気に、花沢の声が響く。これまで友好的な態度しか見せられなかったが、これが本当の花沢なのかと驚かずにはいられない。これほどの激しさを持った男だとは思わなかった。

「じゃあ、歌舞伎ができなくなってもいいんですか？」

「！」

「こんなくだらないことのために、今まで積み上げてきたものを失っていいんですか？」

織田の言葉に花沢は言葉を詰まらせたが、それでも市ヶ谷に対する憎悪は消えていない。

「また、君が揉み消せばいい。今までそうしてきたじゃないか」

「俺があなたの依頼は受けないって決めたのは知ってるでしょう。他の弁護士に頼んでも無理ですよ。今回はただの痴情のもつれじゃない。空き巣に見せかけて市ヶ谷先生を襲わせたんですから」

「え……」

「事故を装って先生を襲わせたのも、あなたですよね」

市ヶ谷は、あれらのことが花沢によって仕組まれたものだったなんて信じられなかった。そんなことをするような人だとは、思えなかったのだ。

しかし、それを否定しない花沢に、織田の言葉が本当なのだと認めざるを得なかった。

「どうして、その男なんだ。どうして、そんな男にわたしが……っ」

花沢は、畳の上で拳を強く握りながら恨めしげな視線を向けてくる。

「それは、あなたが俺を本気で好きではないからですよ。あなたが好きなのは自分だ」

「そんなことはない！」

「いいえ。銀行での再会からしばらくして、あなたは俺に誘いの電話を入れましたよね。でも、俺は靡《なび》かなかった。それからです。あなたが急に俺に執着し出したのは。一度手放した俺に断られたのが、悔しかったんですよ。意地になっただけです」

「そんなことは……っ！」

「自分をコケにしたとは、そういう意味でしょう？　俺を本当に好きなら、そんな言葉は出ない」

「うるさいっ！　うるさいっ！」

「じゃあ、歌舞伎を捨てて俺を取りますか？」

「そんなこと、許されるわけが……」

「なんなら、俺が強制的にあなたを歌舞伎の世界から抹殺してあげましょうか？　今回の件と、今まで揉み消したことを全部公表すれば、あなたは今までのようにはいかない。身軽になれますよ。すべて捨てて、俺と一緒に一からやり直せます」

織田の言葉に、花沢はゆっくりと顔を上げた。本当に二人で一からやり直せるのかと問うている。

しかし、その答えは花沢には必要なかった。

「できるわけ、ないだろう……。わたしから歌舞伎を取ったら、何が残るというんだ」

力なく言う花沢を、織田は黙って見下ろしている。まるでそう言うとわかっていたような織田の態度だ。

花沢にとって一番大事なものは、自分であり、自分が積み上げてきたものだ。

「あなたが先生に手を出さない限り、俺もこのことは公にはしません。大事なものをなくされたくないでしょう」

織田の視線がゆっくりと市ヶ谷に向き、市ヶ谷はそれが自分の思い込みでないと確信する。

「先生、大丈夫ですか？」

織田の手の甲は、火傷《やけど》のせいで赤く腫《は》れ上がっていた。市ヶ谷を護《まも》ってできた傷だ。

「どうして……ここに……？」

「先生が空き巣の被害に遭ったと、祖父から聞きました。それで、あの人が何か仕掛けてるんじゃないかと心配になって身辺を調べていたんです。そうしたら、以前つきあっていたらしい男に金を振り込んでいる形跡を見つけて、その男を締め上げました。これ以上先生に何もできないように、証拠を揃えていたところだったんですが、花沢さんから先生にチケットのことで電話があったと聞いて、慌ててここに来ました」

「でも、よくこの場所が……」

そう言うと、織田は申し訳なさそうな顔で静かに言う。

「あの人が男を連れ込む場所は、大体決まってますから」

それは、織田もここに来たことがあると仄《ほの》めかしていた。二人の関係を思い知らされる言葉だ。

「先生。全部話します。……全部」

その口からどんな事実を聞かされるのかと思うと身構えてしまうが、全部受け止めなければと思い、覚悟を決める。そして、手を伸ばしてくる織田を見上げ、市ヶ谷はその手を取ってゆっくりと立ち上がった。


二人が市ヶ谷のマンションに戻ってきたのは、約四時間後のことだ。

傷の手当てをしたあと、キッチンを借りると言われ、熱い茶を淹れてもらった市ヶ谷はソファーに並んで座った。いろんなことがありすぎて、まだ混乱している。

「この傷も、あの人のせいですね？」

頬に残る傷を指の甲で触れられ、黙って頷いた。

「すみません。俺のせいで……。俺はあの人の恋人でした。といっても、あの人には常にセックスフレンドが複数いたんですけど」

誰とでも関係を結んできた花沢は、これまでも数々のトラブルを引き起こしていた。妻子持ちや学生、有名人など、その私生活の乱れは尋常ではなかった。

しかし、トラブルが起きるたびに大金を積み上げて示談に持ち込んだり、相手がどこかしら後ろめたい部分を持っていれば半ば脅迫じみた取引を持ちかけたりして、問題を解決してきたという。

「弁護士として知り合ったのは、同性しか愛せないあの人の奔放な男関係を整理するのが目的でした。あの人に関する仕事は、そういったものばかりだったんですよ。でも、惹かれずにはいられなくて、のめり込みました」

胸の痛みを伴わずして聞けない話だった。織田が本気で愛した男の話だ。

あの悲しくて美しい男を、織田は本気で愛していたのだ。しかし、強く惹かれるのもわかる気がする。今日の姿を見ると、市ヶ谷も花沢の何が織田を虜にしていたのか、なんとなくわかるのだ。まるで、魔物に魅入られたようになってしまう。

「あの人は、本気で誰かを愛せる人じゃないんです。あの人が本当に大事にしているのは自分と歌舞伎だけです。それがわかって、もうこんなことはやめようと思いました。先生にはどう言ったかわかりませんが、去る者追わずなところがある人でしたから、別れるのも簡単だったんですよ。それに、俺のいた弁護士事務所は金儲け主義なところがあって、自分にも愛想を尽かしてましたからちょうどよかったんです。でも、先生に会って俺は変わりました」

少し笑いながら市ヶ谷と目を合わせた織田に、心臓が小さく跳ねる。

「なんて純粋な人なんだろうと思いました。あの人のことで疲れていた俺は、先生といるとすべてを忘れられました。先生といる時間が楽しくて……。だから、先生への気持ちは本当です」

信じていいのかと一瞬思ったが、そう考えることが後ろめたく感じるほど真剣な目をしていた。言葉以上に、訴えてくるものを感じる。

だが、市ヶ谷にとって聞きたくないような辛いことが二人の間にあったのも事実だ。

「でも、あの人と再会してから、先生に内緒で会ってました」

織田は苦しそうな表情をし、再会してからのことを語り始めた。

きっかけは、花沢からの電話だ。マンションの売買で再会したのは偶然だが、久し振りに会った織田を見て、花沢の悪い病気が頭をもたげたのは言うまでもない。かつて自分に夢中になり、どんな汚い手を使ってでも自分の犯した罪を揉み消してくれた男と再会し、一度手放したものが惜しくなったのだ。

だが、織田の心はすでに花沢にはなかった。

プライドの高い花沢には、それが許せなかったのだろう。自分に夢中だった男を変えてしまったのは、花沢とはまったく逆のタイプの男だ。地味で、どこにでもいるような男で、特別秀でているものを持っているようには思えなかったに違いない。

織田に言わせると、花沢は織田がなぜ市ヶ谷に惹かれたのかわかるような男ではなく、同時に断られてあっさりと引き下がるようなタイプでもない。

手段を選ばない男だということをよく知っていた織田は、市ヶ谷に危害を加えられることを恐れた。これまでも、そんなふうにして何人の人間を傷つけてきただろう。

示談に持ち込んで事件になるのを防いだのは、織田だ。そのやり方は決してきれいなものではなく、相手の弱みにつけ込むような真似も多くしてきたのだ。四六時中、市ヶ谷のことを護るわけにもいかず、一度だけだという条件をつけてベッドをともにしたのは、花沢のやり方を十分心得ていたからだこそだと言っていい。

しかし、市ヶ谷を護りたいがために誘いに応じてしまい、その行為をビデオに収められ、また会いたいと迫られて何度も同じことを繰り返していたのだ。

市ヶ谷がそのビデオを見れば、きっと傷つく——。

織田は、かつてないくらい臆病《おくびょう》になっていた。

「一度でも相手をすれば、それをネタにまた呼び出されるなんて少し考えればわかることでした。でも、先生を巻き込んでしまうと思うと、正常な判断ができなかった。あの人は、欲しいものは何がなんでも手に入れてきたような人です。それを知っていたから、あの人からは逃げられないという気持ちがあったのかもしれません。信じてくれないかもしれないですけど……」

「信じるよ」

「……っ」

織田は、市ヶ谷の言葉に息を詰めた。

「信じるよ。織田君がそう言うなら、信じるよ」

本気だった。口先だけで言っているのではない。疑う必要なんてないと思った。織田の表情を見れば、ちゃんとわかる。

「どうして、先生はそう……」

困ったような笑みを見せられ、心臓がまた小さく跳ねる。

「だって、君がそう言うから」

「そういうところが、好きなんです。先生のそういうところが、好きなんですよ」

真剣な眼差しをした織田が手を伸ばしてくると、ゆっくりと目を閉じた。

重ねられる唇。

軽く吸われ、いったん離れていく。

しかし、二度目に唇を重ねられてからは、情熱的なものへと変わっていた。

「うん、……ん、……ぅんっ、……ん」

互いの存在を確かめるように何度も口づけ、唇を離しては何度も見つめ合った。言葉でこの気持ちは伝えられない。織田も同じらしく、手のひらで市ヶ谷の頬をいとおしげに撫で、時折親指の腹で唇を撫でてはまた口づけてくる。

「ん……、……はぁ」

唇の下のホクロにキスをされるとますます息があがってきて、市ヶ谷は熱い吐息を漏らした。熱に浮かされたようになり、目眩を起こす。

そして、スーツの上着を脱がされ、素直に応じた。

(あ……)

それが床に落とされる微かな音に期待にも似た羞恥が心の中に生まれるが、すぐにソファーに押し倒される。戸惑いながら織田の目を見ると、年下の恋人は市ヶ谷の目を見たまま、男らしい仕種で上着を脱ぎ捨てた。

こんなたわいもない仕種に心が蕩けてしまうなんて、自分でも信じられない。どれだけ織田に心惹かれているのだろうと、これまで抱いたことのない激しい気持ちがあるのを痛感した。

自分に向けられる欲望さえ、いとおしい。

「先生」

ネクタイを緩めながら自分にのしかかる若い獣は美しく、心が濡れた。もし、織田も望むならすべてを捧《ささ》げたいと思い、素直にその背中に腕を回して抱き締める。

「織田君……、――ぁ……っ」

再び唇の下のホクロにキスをされ、小さく躰が跳ねた。これだけでも、震えるほど感じてしまうのはどうしてだろう。微弱な電流が走り、唇をわななかせてしまうのだ。まるで全身の神経が剝き出しになったかのように、わずかな触れ合いにも反応してしまう。

「好きです」

「僕だって……、……あぁぁ……」

抑えきれなかった。自分の中に眠っていた獣が目を覚ますのを、どうすることもできない。ひとたび眠りから醒《さ》めたそれは身をくねらせ、飢えを満たそうと赤い舌を出して蜂蜜《はちみつ》のような甘美な愉悦を一滴残らず飲み干そうとする。

「うん……、……はぁ……っ」

ネクタイの結び目に人差し指を差し込まれ、それを緩められると露わになった首筋に歯を立てられて市ヶ谷は躰をのけ反らせて身を差し出した。もっと噛んで欲しくて、織田を抱き締めることで己の気持ちを訴える。

「あぁぁ……」

ワイシャツの中に入り込んできた手に、肌が総毛立った。

震える唇で織田の名を呼ぶと、年下の恋人はいっそう強く嚙んできて市ヶ谷を狂わせた。

「ぁあっ、あ、……んぁ、……はぁっ」

躰をまさぐる織田の手に身を捩り、悦び、震えた。こんな快楽があっていいのかと思うほど、ぞくぞくとしたものが迫り上がってくる。

さらに胸の突起に触れられ、いっそう強い快感に襲われた。

「あっ!」

「ここ、イイですか?」

「はぁ……っ、……待……っ、待って……く、ぁ……、……や……、……ぁああ……っ」

市ヶ谷がどんなに待って欲しいと訴えても、織田は執拗にそこを攻め続けるのをやめなかった。乱れる姿を見られるのが恥ずかしいが、ひとたび目を覚ました魔物は、市ヶ谷の理性を喰い尽くし、欲望のままに快楽を貪り始める。

自分がこんなに貪欲だなんて、思っていなかった。

満足することを知らず、十分と言っていいほど与えられても、まだ欲しいとねだってしまう。いけないことだとわかっていながら、己を上手く宥められない。

「んぁあ、織田君……、織田君……っ」

ワイシャツをたくし上げられて胸の突起をついばまれ、市ヶ谷は身悶えながら織田の髪の毛をかき回した。男のくせにそこをはしたなく尖らせ、赤く色づかせて甘い声をあげているなんていけないことだと思うが、それでも求めることをやめられない。

「先生、もう、二度と触れられないかと思ってました」

「僕も……、僕もだよ、……あっ！」

耳朶を噛まれて声をあげるが、感じていたのは苦痛とはほど遠い感覚だった。自分でもどうしてしまったんだと思うほど、どこもかしこも感じてしまう。

「ここ、そんなにイイですか……？」

市ヶ谷の突起をいじりながら顔を上げた織田と目が合い、耐え難い羞恥に襲われて顔を背けた。見られまいと手で隠そうとするが、腕を摑まれ、上から表情を覗き込まれる。

「見ないで、くれ……、お願い、だから……、見な……、――ぁ……っ！」

「どうしてです？」

「だって……、――ぁ……っ、……んっ！」

突起をきつくつままれるたびに、甘い声が漏れてしまう。唇を噛んで堪えようとすると、織田はますます調子づき、意地悪な愛撫を注いでくる。

「んんっ、……ん、――ぅん……っ、んんっ！」

「どうして、声を抑えるんです？」

「ん！　……ふ……、見な……、お願……、おね、が……」

「隠しても、無駄です。知ってますよ。先生が、一度火がついたら、ものすごく淫乱になることくらい、ちゃんと知ってます」

「い、言わな……、ぁ……」

両手で耳を塞ぐが、指を舐《な》められてさらに追いつめられる。

「俺が、欲しいですか？」

「ぁあ！」

織田は、いつも以上に意地悪だった。絶え間なく注ぎ、焦《じ》らし、市ヶ谷をどっぷりと快楽の海に浸からせる。これ以上ないというほど熟れているのに、まだ足りないとばかりに愉悦を注ぐのだ。

「俺は、先生が欲しいです」

言うなりスラックスを脱がされ、下着もはぎ取られたかと思うと右足をソファーの背もたれに載せられて脚を大きく開かされる。

なんて恥ずかしい格好なのだろうと思った。どうしてこんなことをさせるのか抗議したかったが、市ヶ谷を見る織田の目許には興奮の証《あかし》が浮かんでいる。そんな姿を見ていると、織田に求められるますますべて差し出したいという気持ちでいっぱいになった。

織田が望むのなら、どんな格好もしてしまうだろうという予感がある。

最後には、きっと、すべて許してしまう。

「少し、我慢してください」

市ヶ谷の覚悟がわかったのか、織田は目を合わせたまま自分の指を舐めて唾液《だえき》で濡らし、それで後ろを探り始める。

「ぅ……っ、……っく」

「息、吐いてください」

「ぁ……く」

指が、指が……、と頭の中で何度も繰り返しながら、それが自分の中に侵入してくるのを感じていた。異物感に顔をしかめてしまうが、織田の指だと思うと耐えられた。

そして、躰が次第に慣れてくると、溢れる声が自分でもはっきりとわかるほど甘くなる。

「んぁ、……ぁ、……ふ、……っく、……んっ！」

「もう、挿《い》れていいですか？」

「ぁ……っく」

「俺をこんなに……熱くさせるのは、あなただけです」

織田がスラックスのベルトを緩めるのを見て、市ヶ谷は戸惑いとともに浅ましく欲しがる獣の存在を己の中に強く感じた。

貫かれることを期待し、欲しがり、求めている。

「あ、あ、――ぁああ……っ」

あてがわれ、引き裂かれる痛みに市ヶ谷は掠れた声をあげた。根元まで深々と収められ、小刻みに震えながら容赦なく奥まで侵入してきた屹立の存在を感じる。

「はぁ……っ、あぁ……、……ぁ……」

織田を咥え込んだ部分が、微かに痙攣しているのがわかった。男を受け入れるようにできていない蕾は、その太さに戸惑いながらも愛さずにはいられずにきつく締めつける。

「先生、……はぁ……、……先生」

「……っく、……ぁ……っ、見な……」

ソファーの上は窮屈で、市ヶ谷は右足を背もたれに引っかけるようにして小さく躰を折り畳まれていた。恥ずかしさのあまり頬が熱くなり、視界が涙で揺れる。

「どうしてですか？　最中の顔を、見たいんです」

「だって……僕は……」

若くもなく、見てくれがいいわけでもない。妖艶な色香もないただの地味な男だ。口には出さなかったが、市ヶ谷はそんなことを考えていた。するとその心を読んだかのように、織田は聞いている方が恥ずかしくなるような言葉を次々と注いでくる。

「俺には、先生が俺を受け入れながら震えてる姿は可愛らしく見えるんですがね」

「……っ」

「まるで、ウサギみたいで愛らしい」

「お、織田君……っ」

なんてことを言うんだと耳まで真っ赤になると、織田はさらに調子づいた。

「本当のことですよ」

「ぁう……っ、……っく」

「年上のあなたが、そんなふうに初心な反応をするところが、俺にはたまらないんですよ」

「ぁあっ、はぁっ、……んぁあっ」

ゆっくりと前後に動き始める織田に躰を揺すられ、頭の中までシェイクされる。

「どんなにはしたない格好をさせても、先生みたいに、いつまでも初心な人はいません」

「や……、……ぁ……っ、はぁ……っ」

「躰は、こんなに感じやすくて、淫乱なのに……、心がこんなにまっさらな人は、先生くらいです」

言わないで。お願いだから、そんな恥ずかしいことを口にしないでくれ――心の中で願うほど、織田の腰使いは激しくなっていった。

「はぁ……、ぁ……、……ぁあ、……んぁあ」

織田の先端が奥に当たるたびに、甘い痺れが全身を駆け抜ける。市ヶ谷は目を閉じ、織田を躰の奥に感じながらはしたなく締めつけた。

「先生、可愛い、ですよ」

「んぁ、はぁ……っ」

「……可愛くて、色っぽいです」

何度も賞賛の言葉を浴びせられているうちにぞくぞくとした快感が迫り上がってきて、堪えきれなくなる。もう、すぐにでも零してしまいそうだ。

「もう……」

「駄目ですよ。まだ、イかないでください。まだ、我慢してください」

「や……、……はぁ、……あぁぁ、でも、……もう、……もう……っ」

「そんなにイきたいですか？」

「お願……、イき、た……、早、く……、……イきた……っ」

何度もせがむと、織田は男の色気を滴らせながら満足げな笑みを見せた。なんて、美しい獣だろうと思う。

「じゃあ、一緒にイきましょう」

最後にそう言ったかと思うと、市ヶ谷の膝を抱え直して深く突き上げてくる。

「んぁ、あ、あ、ぁあっ！」

ソファーは、男二人の重みでギシギシと音を立てていた。荒っぽい息遣いと、それ以外には何も聞こえない。

「織田君……、織田く……、――んぁぁあああ……っ！」

市ヶ谷が上りつめた瞬間、織田が自分の中で痙攣したのがわかった。奥で、恋人が爆ぜたのを感じる。

「——はぁ……っ、……はぁ……っ、……はぁ」

織田が力を抜いて体重を乗せてくると、市ヶ谷はその躰を受け止め、抱き締めた。背中が上下し、そして汗ばんでいる。

筋肉質の背中に触れているだけでも、市ヶ谷は幸せな気持ちになり、回した腕にぎゅっと力を籠めた。

静かな空気が、心地好かった。

ベッドでうとうとしていた市ヶ谷は人の気配に目を覚まし、閉じていた瞼《まぶた》をゆっくりと開けた。すると人の気配が近づいてきて、耳元で囁かれる。

「大丈夫ですか?」

織田が顔を覗き込もうとするため、市ヶ谷は背中を向けて身を縮こまらせた。まだ躰は火照っているのに、こんなふうに好きな人の声を聞かされると再び燻る火が大きくなりそうだ。

「こっちを向いてください」

「あ……、む、無理だよ」

行為の最中のことを思い出すと、織田の顔を見ることなどできない。

自分でも信じられないほど、大胆に求めてしまった。気持ちが高まって、自分で自分を抑えられなかったのだ。どうしてあんなことをしてしまったのだろうと後悔するが、今となっては後の祭りだ。

「先生が涙をためてウサギみたいに震えていたことが恥ずかしいんですか？　それとも、はしたなく脚を開いて俺を受け入れたのが恥ずかしいんですか？　それとも……」

「織田君……っ」

わざとあからさまな言い方をする織田に耐えかねて耳を塞ぐが、そんな市ヶ谷の反応は意地悪な年下の男を喜ばせるだけのようだ。

「なんです？」

「い、言わなくていいから」

「でも本当のことですよ」

「ごめん、あんなふうに……」

「どうして謝るんです？　俺はすごく満足してますよ。俺よりずっと年上の先生が、俺とのセックスにメロメロになって、あんなあられもない格好で啼いてくれたなんて、男冥利に尽きます」

「だから言わなくていいんだって」

「そんなふうに恥ずかしがるところが、愛らしいんですけどね」

「！」

やはり、織田はこの上なく意地悪だ。四十一の男を捕まえて、愛らしいだのなんだの、市ヶ谷が赤面するようなことをすぐ口にする。

そんな台詞を並べ立てる男が、意地悪でないわけがない。恥ずかしさに耐えていると、突然、後ろから抱き締められた。

「先生」

「！」

市ヶ谷は身を硬くしたが、織田はそれ以上何もしようとせず、いったいどうしたのだろうと思いながら少しずつ力を抜いていく。織田の体温が心地好く、こうして互いの体温を感じているだけでも、十分幸せだと思えた。

「まさか、また先生とこうしていられるようになるとは、思いませんでした」

ポツリと漏らされた声に、揶揄は感じられなかった。どんな表情をしているか見えないが、今自分が感じたのと同じ気持ちを抱いているのが伝わってくる。

「先生」

「なんだい？」

「『こういうことをする相手は、僕じゃないだろう』って言われた時は、絶望的な気分になりました」

別れた夜のことを言っているのだろう。あの時のことを思うと、市ヶ谷も胸が疼く。

織田の心が花沢の元にあるのなら、解放してやらねばと思ったのだ。精一杯の虚勢だった。

「あれは……君から白檀の香りがしたから、花沢さんとヨリを戻したがってると思ってたんだよ。僕に遠慮して言い出せなくて、苦しいんだって。だからあんなふうに……」

「すみません」

市ヶ谷は黙って首を横に振った。

「あなたに黙ってあの人と会って、セックスしていることが、苦しかったんです。先生の顔を見たら、たまらなくなってあんなことを……」

「君が苦しんでるのは、わかってたよ」

「俺が先生を裏切って、あの人と寝ていることを知られてるんだと思ってました。だから、そんな男には愛想を尽かしたんだと」

なぜ、ちゃんと言葉に出さなかったのだろうと思う。お互い、何か少しでも言葉にしていれば誤解は解けたはずだ。しかし、互いを想うあまりすれ違うことがあるのもよくあることだ。

好きだからこそ臆病になってしまい、想いを伝えられなくなってしまう。

「実はね、俺は笑顔にコンプレックスがあるんです」

「え？」

織田にコンプレックスなんて信じられず、思わず声をあげて後ろを振り返った。すると、織田と目が合う。

「子供の頃からふてぶてしくて可愛げがないって言われることも多くて……。愛想が悪いのは自覚してたんです。あの人にも、黙っている方が男前だから笑顔なんて見せるなと言われて、理想の男になりたかった俺は、無理ばかりしてました。あの人は、俺じゃなく自分にふさわしい男が好きなだけなんです」

「僕は、織田君の笑顔は好きだよ」

市ヶ谷の言葉に、織田は笑顔を見せた。

「そう言って、ありのままの俺を見てくれたから、先生を好きになったんです」

「織田君……」

向き合うように促され、素直に応じる。

織田の胸板に顔を埋めるような格好になり照れてしまうが、抱き締められて観念する。恥ずかしがっても、きっと放してはくれない。それどころか、ますます調子づいて何か言われるだろう。それなら、素直に身をあずけた方がいい。

目を閉じて力を抜くと、織田の心音が伝わってくるのがわかった。

体温が心地好い。

あんなに激しく抱き合った後だというのに、こんなに穏やかな気持ちになることを不思議に思うが、ほどなくして睡魔が下りてきて、市ヶ谷はそのまま眠りに落ちた。


「お〜い、そこの出戻りぃ〜」

腹が随分と大きくなった佐々木と入れ替わるように、市ヶ谷の事務所に再び織田が戻ってきたのは、それからすぐのことだった。織田がなぜ事務所を辞め、再び舞い戻ってきたのか誰も聞こうとはしなかったが、かと言って触れてはいけないことのように振る舞うでもなく、出戻り呼ばわりしている。

こういうところが、爺様先生たちのいいところだ。織田も出戻りと呼ばれるのを受け入れている。

祖父の武山からは、迷惑をかけたと菓子折りを渡された。

「おやつは用意してますので、食べたらとっとと仕事に戻ってくださいね。うちの先生の仕事の邪魔をするのはやめてください」

「何を偉そうに。こわっぱが」

「んまいの～。ここの最中は本当にんまいの～」

相変わらず口の悪さは健在で、思いきり羽を伸ばしている爺様先生たちをわざと冷たく見下ろしている。けれども人生の大先輩は、そんなことで動じはしない。

「おお、出戻り。すまんが、消毒しておった入れ歯をつけてくるのを忘れたようじゃ。持ってきてくれんかの～？　女の子に言うたら、入れ歯ケースに入れてくれるから」

「はいはい、入れ歯ですね」

口は悪いが、織田は頼まれ事に素直に頷いた。どんな雑用を言いつけられても、織田は決して断らない。

しかし、いったん事務所を出ていったものの、またすぐに手ぶらで戻ってきた。

「どうしたんだい？」

「あの、福山先生の事務所に、女の子っていましたっけ？」

耳打ちされ、まだ知らなかったのかと織田を見る。

福山のところには、五十代半ばの中年女性が補助者として働いているだけだ。いわゆるおばちゃんで、どう見ても女の子という年頃ではない。しかし、八十近くになる老人からしてみれば彼女も十分に若く、十分『女の子』なのである。

市ヶ谷もここに事務所を構えたばかりの頃、みんなが『女の子』と言っている相手が誰なのかしばらくわからず、いったい誰の話をしているのだろうと不思議に思ったものだ。

「ああ、補助者の人だよ。いつも事務所にいる……」

「あの五十過ぎの人ですよね。えっと……確か山崎《やまざき》さん」

「そうそう。その人のことだよ」

織田は少し考え、「ああ、なるほど」とばかりに何度も頷いた。

織田も、ここに来てからずっと誰か別の人のことを指していると思っていたようだ。直接仕事を一緒にするわけではないため、誰のことなのかはっきりさせる必要もなく、曖昧にしたままここまできてしまった。

「もう一回行ってきます」

さすがの織田も、五十代半ばの中年女性が『女の子』だったとは予想できなかったらしく、すごすごとお使いに走った。優秀な男で予想外のことが起きても対処できるが、ここの先生たちはさらにその上を行っているのは間違いない。

市ヶ谷は、爺様先生のいいつけを守って事務所の女の子のところへ入れ歯を取りに行く織田を見送り、口許を緩めた。

## あとがき

おっさん受に目覚めてどのくらい経ったでしょうか。

最近は受攻どちらかが必ずおっさんというほど、おっさんを書きまくっている、おっさんを愛してやまない中原一也です。

みなさんこんにちは。

おっさんはいいですね。おっさんラブ。今回は『愛らしいおっさん』をテーマに書いてみました。おっさんは地球を救う！

と、変なことばかり書いているのは、あとがきが苦手だからです。と幾度となく訴えて参りましたが、その度に「あい〜ん」と書いてみたり、おっさんについて熱く語ったりして、なんとか行を埋めてきました。さすがにまた「あい〜ん」だの「だっふんだ」だので誤魔化すのもどうかと思い……しかし、なかなか埋まらない。

というわけで、やはりおっさんに対する愛を！　愛を！　愛を！

おっさんこそすべて。最後におっさんは勝つ。おっさん、ああおっさん。

おっさんら〜〜〜〜〜〜〜〜ぶ。

もう言うことはそれだけです（意味不明ですみません）。

それでは、最後になりましたが、お世話になった方々にお礼を申し上げたいと思います。

イラストを担当してくださった高階佑先生。素敵なイラストをありがとうございました。市ヶ谷のラフが理想通り地味で、想像以上にエロくて小躍りしてしまいました。

そして担当様。毎度毎度、おっさんばかり書いておりますが、これからもおっさんばっかり書いていきたいと思いますので、どうかこれからもよろしくお願いします。

最後に読者様。いつも苦し紛れに行を埋めているあとがきまで目を通してくださり、本当にありがとうございます。これからも、おっさんメインで時々若者同士なんかも書いちゃったりして、自分の萌えを吐きだしていきますので、これからもどうか私の作品を読んでください。

この作品が、皆さまに素敵な時間をご提供できていれば幸いです。

中原　一也

中原一也先生、高階佑先生へのお便り、
本作品に関するご意見、ご感想などは
〒101-8405
東京都千代田区三崎町2-18-11
二見書房　シャレード文庫
「逃した魚」係まで。

本作品は書き下ろしです

CHARADE BUNKO

逃《のが》した魚《さかな》

【著者】中原一也《なかはらかずや》

【発行所】株式会社二見書房
東京都千代田区三崎町2-18-11
電話　03(3515)2311[営業]
　　　03(3515)2314[編集]
振替　00170-4-2639
【印刷】株式会社堀内印刷所
【製本】ナショナル製本協同組合

落丁・乱丁本はお取り替えいたします。
定価は、カバーに表示してあります。

©Kazuya Nakahara 2011,Printed In Japan
ISBN978-4-576-11034-9

http://charade.futami.co.jp/

CHARADE BUNKO

スタイリッシュ&スウィートな男たちの恋満載
**中原一也の本**

# 鍵師の流儀

男の胸板をこんなにエロいと思ったのは、初めてだ

イラスト＝立石 涼

天才的な鍵師の腕を持ちながら、二度と金庫破りはしないと誓う泉の前に現れたのは、無精髭に野獣の色気を滲ませる刑事・岩谷。ある金庫を開けろと要求され、警察嫌いの泉は強引な岩谷に警戒心を剥き出しにするが…。かつて味わった鍵開けの欲求が疼きだし、火照る躰を岩谷に知られてしまい——。

CHARADE BUNKO

スタイリッシュ＆スウィートな男たちの恋満載

**中原一也の本**

先生が感じると、きゅっと締まりやがる。名器だよ

## 愛されすぎだというけれど

イラスト＝奈良千春

日雇い労働者街で診療所を営む医師の坂下は、伝説の外科医にして彼らのリーダー格の斑目といつしか深い関係に。しかし街の平和な日常は、坂下を執拗に狙う斑目の腹違いの弟・克幸の魔の手によって乱されていく…。坂下を巡る斑目兄弟戦争、ついに決着！『愛してないと云ってくれ』シリーズ第三弾！

CHARADE BUNKO

スタイリッシュ＆スウィートな男たちの恋満載
**中原一也の本**

「愛してないと云ってくれ」続刊！

# 愛しているにもほどがある

イラスト＝奈良千春

労働者の街で孤軍奮闘する青年医師・坂下は、元・敏腕外科医でありながら、その日暮らしを決め込む変わり者・斑目となぜか深い関係に。フェロモン垂れ流しで坂下を求めてくる斑目に、自ら欲しがるほど溺れつつも、羞恥に焼かれる男心は複雑で……。だがある日、医者時代の斑目を知る美貌の男・北原が現れて――。

CHARADE BUNKO

スタイリッシュ&スウィートな男たちの恋満載
**中原一也の本**

# 愛してないと云ってくれ

イラスト＝奈良千春

そんなに恥じらうな。歯止めが利かなくなるだろうが。

日雇い労働者を相手に日々奮闘している青年医師・坂下とそんな彼を気に入り、なにかとちょっかいをかける日雇いのリーダー格・斑目。ある日、肝硬変を患っているおっちゃんに手術を受けさせるため、斑目に協力を頼んだ坂下。だが、その交換条件はなんと坂下の躰——。日雇いエロオヤジと青年医師の危険な愛の物語

CHARADE BUNKO

スタイリッシュ＆スウィートな男たちの恋満載

## 中原一也の本

大股広げた女より、お前の方がいい

### ワケアリ

イラスト＝高階 佑

むくつけき男たちが押し込められた隔絶された世界。欲望の捌け口のない船の上、船長の浅倉は美青年・志岐の謎めいた笑顔に潜む闇に、厄介ごとの匂いを嗅ぎ取るが……。

俺のところへ来い。可愛がってやるぞ

### 闇を喰らう獣

イラスト＝石原 理

美貌のバーテンダー・槙に引き抜きを持ちかけたのは、危険な香りを漂わせる緋龍会幹部・綾瀬。闇に潜む獣を思わせる綾瀬に心乱される槙は、綾瀬の逆鱗に触れ、凄絶な快楽で屈辱に濡らされ……。